學校是我們的

致命地帶

安德魯・克萊門斯◎著
謝雅文◎譯

【推薦一】

找到自己「神聖的不滿足感」

親子作家 李偉文

我相信大家對安德魯·克萊門斯不陌生，因為他所寫的校園小說可以說是本本精彩，除了生動好看、貼近孩子的生活之外，幾乎每一本書都在解答一個孩子成長中會面臨的困惑與徬徨，提供青春期風暴的孩子透過故事梳理自己紛亂且無法被理解的情緒。

【學校是我們的】系列與過去克萊門斯作品最大的不同是，這是五本連貫的系列小說，透過青少年階段最喜歡的冒險、尋寶與解謎的故事，帶出了為公義挺身而出的行動。

美國的海波斯牧師（Bill Hybels）觀察到人在成長中有個重要

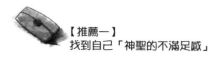

蛻變的時刻，他稱為「神聖的不滿足感」（Holy Discontent），也就是每個人在生活中都會有看不慣的事情，可是通常只是用嘴巴抱怨一番就過去了，然而當有些人在某些特殊情境下，產生「此事非我不可」的體會，並且願意行動與參與，這些努力與經驗，往往會改變這個人的一生，讓他往更美好與有意義的人生邁進。

美國教育學家威廉・戴蒙（William Damon）也發現，近代許多年輕人喪失了對生命的追尋，也許物質環境很好，學歷很高，但是呈現兩極化，一則對社會冷漠而疏離，另外就是憤世嫉俗，只會罵而不想現身參與。如何讓這些被卡住的年輕人重新獲得前進的力量，恐怕是當代新的課題與挑戰。在威廉・戴蒙研究與調查後認為，少數願意參與有意義活動的年輕人，他們能夠集中力氣勇於實踐自己的夢想，大多是在青春期曾經歷過以下幾個美妙的時刻：

一、曾經與家人之外的人有過啟發性的對話。

二、發現世界上有某些很重要的事可以被修正或改進。

三、體會到自己可以有所貢獻，並且形成一些改變。

四、獲得家人或朋友的支持，展開初步的行動。

五、透過行動有進一步的想法以及獲得所需的技能。

六、學會務實有效率的處理事情。

七、把這些行動所學習到的技能轉換到人生其他領域。

從【學校是我們的】這系列精采的小說中，可以很清楚的看到班傑明正一步一步經歷這幾個階段，也建構了自我價值與意義追尋的脈絡。

誠摯的盼望台灣的孩子看完這套小說後，也能如班傑明一樣找到自己的「天命」，一個自己可以有所貢獻的人生目標，當然，我

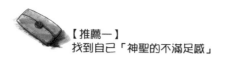

也希望每個有機會陪伴孩子的大人與師長，都可以成為給孩子帶來人生啟示的貴人。

【推薦二】改變・祕密・故事的能量

新北市秀朗國小教師
羅秀惠

什麼？就在居住的社區附近要興建一座航海主題樂園！學校將因此搬遷重蓋，校舍也將煥然一新……對許多孩子而言，這真是夢寐以求的事！然而，就在暑假前一個月，班傑明原本平順的學校生活，卻因接受了學校老工友託付的一個金幣後開始改變。

透過班傑明的眼，我們彷彿看到愛居港這個濱海小鎮原本寧靜宜人的地景。隨著班傑明對自己居住地的歷史探索，我們似乎也身歷其境，甚至開始思考：對於每天生活的環境，我們是否因習慣而無感？難道非得到面臨變化甚至毀壞之際，才會驚覺自己對這塊土地的感情？才會思索這些改變的正當性與公平性？

故事的場景設定引人入勝，手機、網路、雲霄飛車、回家功課、考試、查資料、寫報告、友伴關係及同儕互動……無一不是現今孩子的生活寫照。作者細膩深刻的描寫，似乎是對讀者進行彼此同質性的一種宣告，極具感染力。

愈是祕密，愈想探索；愈是衝突，愈具吸引力。這是千古不變的道理。故事從書名開始就極具吸引力，《謎之金幣》、《五聲鐘響》等各集書名就足以引發預測的欲望，接著讓人想進一步窺見其祕密，引領讀者一步一步跟隨情節的高潮起伏，時喜時驚。

深諳此道的克萊門斯不遺餘力的創造了一個充滿謎題、看似線索雜沓的場景。他透過一個勇敢、冷靜、對生命充滿熱情、對社會具有使命感的小學生，抽絲剝繭的理出事件脈絡，令讀者不忍釋卷的跟著一路深掘探究；而書中孩子與大人間的互動關係，時而溫馨，時而緊張，就如同貫穿全書的愛居港海濱，有著溫潤宜人的海風，也同時伴隨著隨時可奪人性命的浪潮，波詭雲譎的情節，牽引著讀者一同探索真相、領略尋寶的刺激和解謎的趣味。

除了緊扣環保、校園等這些孩子較為熟悉的主題之外，作者更企圖以迷你蝦米（小學生）對抗超級大鯨（大財團）這種強而有力的對立衝突，引發讀者對社會正義的關注與思考，使本書在輕鬆筆觸的表象下，有著深沉的靈魂。而承載著如此巨大能量的，是對學校的熱愛，對朋友的信賴，對環境的期許，以及對生命的信念。這一切，都使這【學校是我們的】系列呈現出豐厚的底蘊，益發引人再三探索品味！

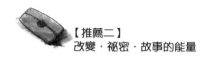

【推薦三】

各界好評推薦

安德魯．克萊門斯根本就是個聰明慧黠、充滿鬼點子卻又胸懷著體貼心和正義感的大孩子。他筆下的【粉靈豆校園小說】系列不只貼近青少年，同樣也引起成人讀者的共鳴，因為，誰沒有春青瘋狂過？更何況他的文字又如此有魔法，讓人往往不小心就一口氣看完，哦！不對，因為中途常會笑岔了氣，所以必須換氣啦！

光想到他的【學校是我們的】系列出版，我內心就非常興奮期待，因為這是安德魯首次為讀者撰寫更富吸引力、故事更具張力的連貫小說。他將引領讀者深入貪得無厭的財團滅校計畫中，跟著故事主角班傑明一起歷經推理、懸疑、艱困的過程，拯救他的小學。我相信讀者在享受安德魯絕對引人入勝的故事鋪陳之外，一定也會對大人世界裡複雜的土地徵收、官商勾結、環保運動和公民意識有具體的認識和了解。我相信對讀者來說，不管是大、小讀者，這將是很重要而且很受用的收穫！

來吧！歐克斯小學的大門已經打開了，班傑明即將發現創校者歐克斯船長在兩百年前的校園裡埋藏保護學校的祕密計畫，快點跟上腳步吧！

——飛碟電台主持人 **光禹**

【學校是我們的】是克萊門斯先生首次撰寫系列連貫的小說，共五集。故事主角班傑明在接受老工友臨死交託的一枚金幣後，和同學吉兒展開了搶救學校大作戰。這兩位主角關注學校的存廢並探究歷史真相，過程高潮迭起，還加入推理懸疑的元素。作者還以幽默風趣的對話呈現出兩位主角如何面對自己的擔心，以及如何害怕與假工友李曼之間的衝突，令人發出會心微笑。而主角堅持到底、永不放棄的決心與毅力也很令人讚歎和佩服。

閱讀本系列小說能感受到與平日生活不同的閱讀想像空間，喚起讀者的公民意識，提升觀察力、邏輯思考能力及豐富的閱讀經驗，並進而提升寫作能力，是一套值得推薦的系列小說。

——新北市新店國小校長 **吳淑芳**

這裡有吸引青少年的元素：懸疑、推理、解謎、冒險，情節引人入勝，在在增加了故事閱讀的樂趣。這裡有啟迪青少年的內涵：

勇敢、智慧、正義、友誼，讓新世代對社會不再冷感，能促進仿傚學習的動機。這裡還有額外知識上的收穫：帆船、航行、建築、設計，帶領讀者進入較為陌生的領域，開拓視野。

而我更欣賞故事中流露的歷史感，主角對學校因了解而欣賞，因欣賞而認同，因認同而捍衛，是一種與歷史接軌產生的情感與責任，既不濫情、也不理盲。

——臺北市士東國小校長、兒童文學作家　**林玫伶**

故事一開始就以富有懸疑性的情節展開！六年級學生班傑明無意間捲入一場貪婪開發的利益爭奪戰，改變了他的日常生活。

具有兩百年歷史和地標意義的學校在議會上做成決議，將被拆除出售改建成遊樂園。收到看守人臨死前託付一枚從一七八三年就流傳下來的神祕金幣，讓班傑明了解自己的使命——他必須為學生捍衛受教權利而戰。然而面臨父母剛剛分居的他，在心煩意亂之間，如何和同學合力以小蝦米對抗大鯨魚，為守護學校而奮戰？

在安德魯．克萊門斯的生花妙筆巧妙安排之下，讀者將迫不及待跟隨故事發展持續閱讀，解開謎團！

——【童書新樂園】版主 **陳玉金**

十年樹木，百年樹人。當我們的下一代沒有公民意識，不在乎社會公義、環境保護，甚或是將來長大成為只在乎金錢、追求奢華的財團、財閥時，我們終將為這功利主義的一代付出慘痛的代價。

安德魯．克萊門斯的小說一向充滿議題。【學校是我們的】這一系列小說，以孩子的眼光討論關於政商結構、環境開發、社會公

義等課題。面對危險的「挺身而出」，或是安全的「逆來順受」，主角班傑明和吉兒會做出什麼樣的選擇？大人和小孩看了都可以好好的上一課。

——親子作家 陳安儀

一枚從工友金先生手中接過的金幣，使書中主角班傑明「為學校而戰」的信念開始萌芽。捍衛學校的過程中，他不僅體察到對自我、對環境複雜的感受，並一步一步釋放主觀的對錯評價，更從學校創辦人歐克斯船長與吉米、湯姆、羅傑等工友對學校存在的堅持中，學習到金錢與權勢並非幸福的絕對要件。

學校是傳授知識和價值體系的場所，安德魯·克萊門斯巧妙的藉由班傑明守護學校的系列故事，闡述了守護存在時間之外的永恆，而「信心帶來改變」的美好價值也在其中不言而喻了。

——臺北市興華國小教師　黃瀞慧

一枚金幣揭開了橫跨兩百年的學校創校歷史。老校面臨被拆毀的命運，兩個孩子意外成為「學校守護者」，他們從被動到主動積極，使原本平淡無奇的校園生活，開始注入懸疑緊張、充滿探險精神的不凡經歷。

作者藉由主角班傑明表現出孩子的純真特質：

一、忠誠：願為理想而戰，始終堅定不移。

二、勇氣：以弱擊強，以小搏大，雖然害怕但謹慎行事且意志堅定不動搖。

三、承擔：願意為理想付出代價，雖然遭受超過負荷的壓力與恐懼，仍勇往直前。

四、機警聰明：在謎霧中探索，發現關聯，一步步解開謎團，帶讀者經歷這推理解謎的過程。

——臺北市文化國小校長　**鄒彩完**

一枚古老金幣突然的出現，帶出一個古時候的怪異船長，他精心布下了五個關鍵性的謎語，在一所即將消失的學校裡，引發了兩個熱血少年投入了一連串懸疑、推理、冒險、突圍的行動裡。

傳說和歷史糾結，親情和正義矛盾，一對勇於冒險的心靈，在面對千迴百轉的疑慮與挫折中，慎重的思考著如何平衡家庭的親情，腳踏實地的處理法律的幽暗難題，再進一步去護衛環境與土地的正義。原來夢不遠，就在心裡，就在日常的行動裡。

在擔心中，忍不住一頁一頁的看下去；在疑惑中，不禁想著事情原來可以換個方式來處理。在這一系列小說中，為著美麗的海岸，為著屬於孩子們的學校，為著保守美麗的夢想，我們學會了堅持，更學會了思考和判斷的能力；我們學會了實踐，更學會了細心探索與按部就班的行動。

——新北市私立育才雙語小學校長　**潘慶輝**

【前言】給中文版讀者的一封信

親愛的讀者朋友們：

以前我寫過一些故事連貫的書，不過，【學校是我們的】這個系列是我第一次計畫好一個長篇故事，並且已經預先知道要把它分成五集來完成。這樣的寫作計畫和寫一本獨立的小說（單本有開頭、中間和結尾）是不一樣的。系列裡的每一集都要有自己的開頭、中間和結尾，每一集本身則必須是一個完整而圓滿的故事；然而，每一集卻也必須在這整個長篇裡往前並往上推進這個故事，一直推進到最後一集的最後一刻。

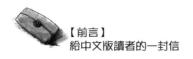

這個系列的寫作想法是緣於我對老事物的喜愛，像是老建築、老工具、老機器、帆船、寫字用具、導航器材等等。這個故事的核心問題是：搶救一棟即將被拆除且土地將被變更為商業使用的歷史建築。這是目前全世界都在面臨的掙扎。我非常喜歡今日人們在各個領域創造出來的新發展，但是，我仍然希望我們可以在創造這些進展的同時，不要毀掉過去留下來的美好事物。

我希望它是個冒險故事，是過去的冒險，也是現代的冒險。我試著把書中的角色和事件寫得更有真實感，像是會在現實中發生。就在上星期，有一對住在加州的夫妻在他們家後院挖掘出八桶一共價值一千萬美元的金幣。這件真實人生中的尋寶奇遇如此驚人，比較起來，我虛構的這些角色所做的精彩冒險，簡直太乏味了！

我在寫作時總是問自己：如果孩子、家長和老師讀了這本書，讀完之後會不會覺得花的時間很值得？我要很高興的說：對於這五本班傑明・普拉特的冒險故事，我相信答案是肯定的。

獻上我所有最美好的祝福。

安德魯・克萊門斯

二〇一四年三月

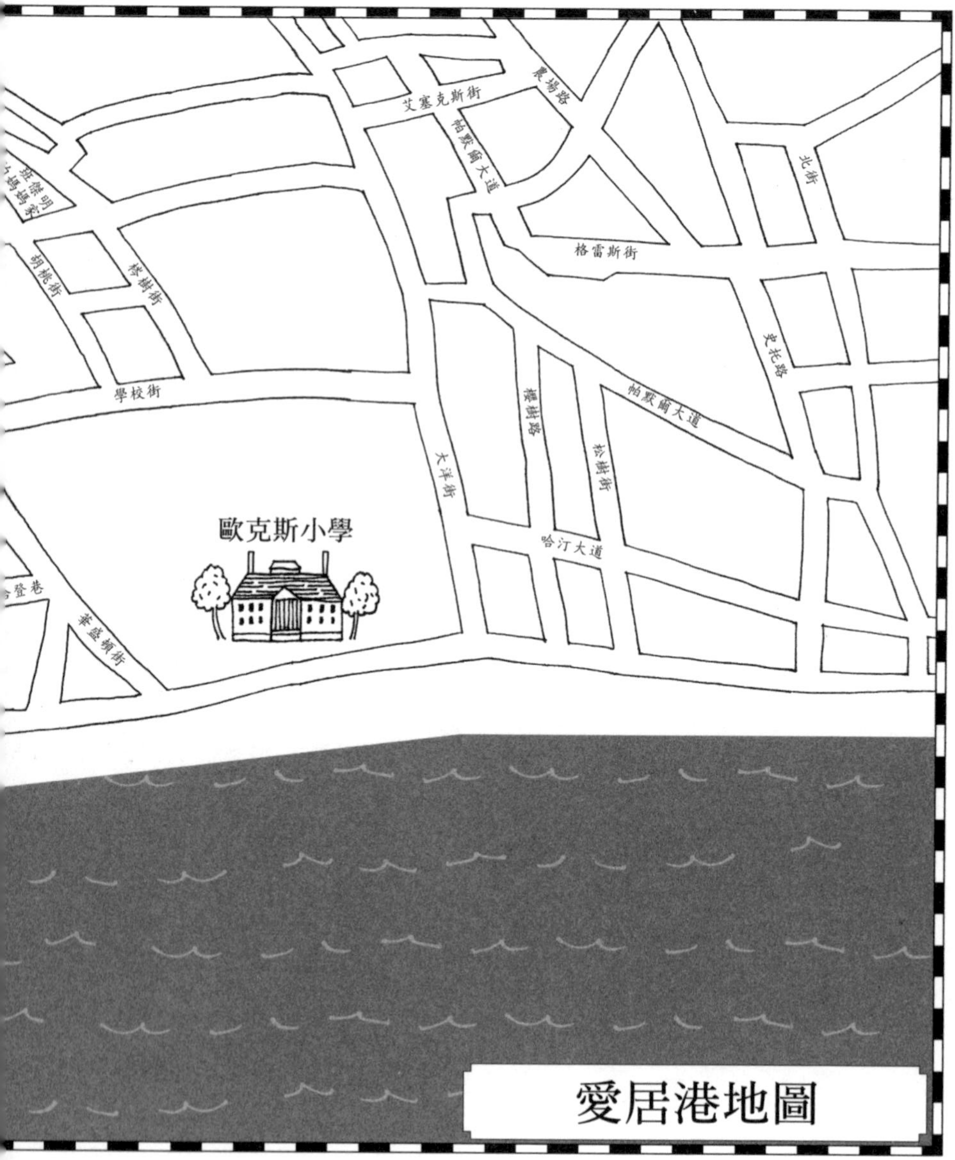
艾塞克斯街
農場路
帕默爾大道
北街
格雷斯街
史托路
帕默爾大道
櫻樹路
松樹街
大洋街
哈汀大道
學校街
胡桃街
班傑明
歐克斯小學
華盛頓街
愛居港地圖

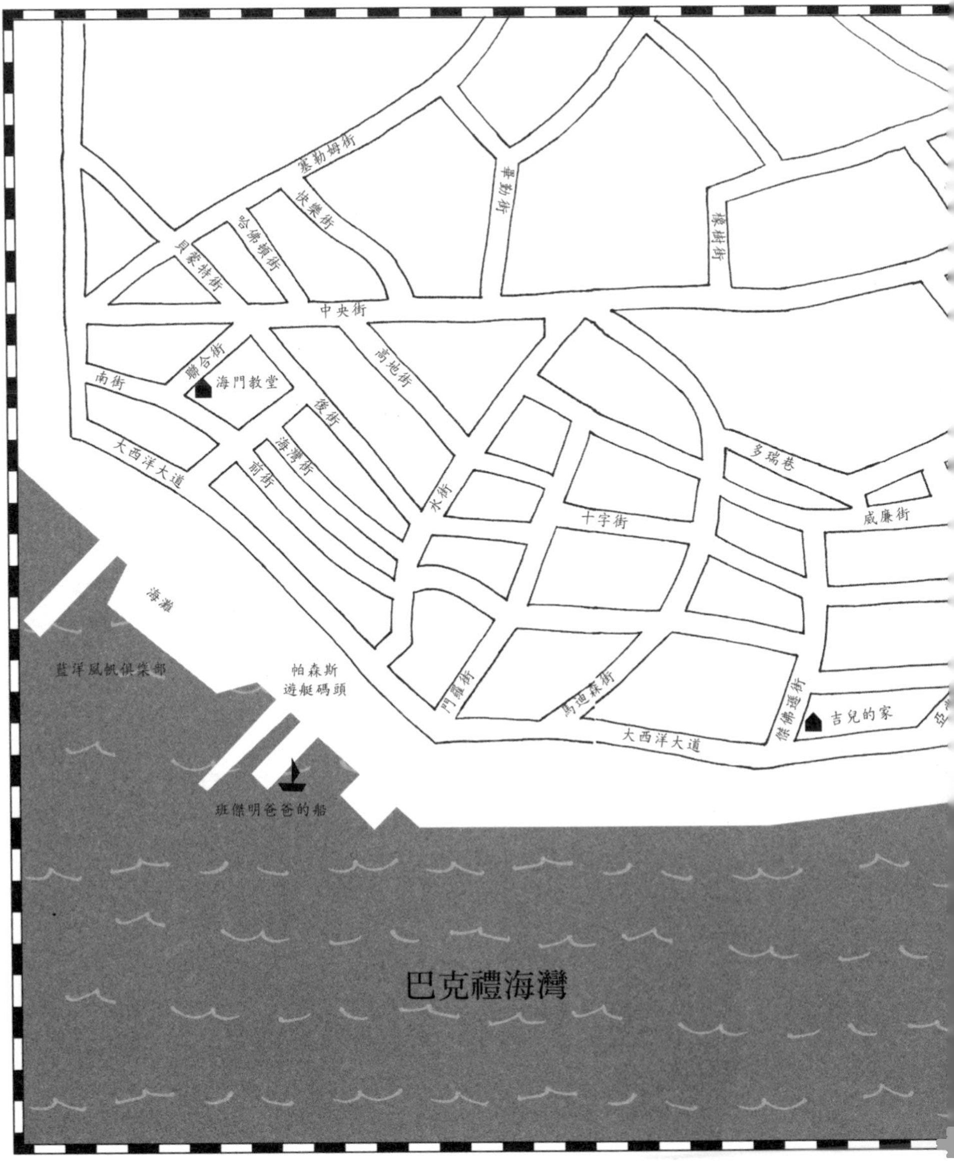
塞勒姆街
畢勒街
橡樹街
快樂街
哈佛頓街
貝蒙特街
中央街
聯合街
海門教堂
南街
高地街
後街
海灣街
前街
大西洋大道
水街
十字街
多瑞巷
威廉街
海灘
藍洋風帆俱樂部
帕森斯
遊艇碼頭
班傑明爸爸的船
門羅街
馬迪森街
傑佛遜街
吉兒的家
大西洋大道
巴克禮海灣

1 偷襲

「**現在**，請你們解釋一下！」

班傑明·普拉特、吉兒·艾克頓與羅伯·傑瑞特此時站在校長辦公桌前。校長泰默先生發現他們在導師時間前聚在走廊上聊天，所以把他們叫進辦公室。

而現在，這三人正盯著校長轉給他們看的電腦螢幕。

泰默校長點了一下滑鼠，他們又把影片重新看了一遍：三個小毛頭匆匆穿過陰暗的走廊，他們的臉在緊急出口標誌的紅燈下顯得模糊不清。不過，影片中的小孩長得和他們很像。

校長收到一封匿名電子郵件，主旨聳動的寫著：「普拉特、艾克頓和傑瑞特私闖校園。」還附上一段長達十秒的YouTube影片連結。地點絕對錯不了，是歐克斯小學靠近辦公室的一樓走廊。至於影片上的時間，是五月三十日凌晨三點十七分，正是上週五晚上，不過應該說是上週六的凌晨。

班傑明逼自己的眼睛盯著螢幕，就怕突然抬頭看到校長會大喊出：「好啦，我們錯了！叫警察來吧！給我們上手銬吧！」

有個念頭在他腦中打轉。

這下死定了！這下真的死定了！這下絕對死定了！

「怎麼樣？」泰默校長咆哮著說：「這是怎麼回事？」

班傑明似乎從他內在隱密的恐懼隧道深處聽見了笑聲。

是我發瘋了嗎？

他沒瘋。笑的人是羅伯・傑瑞特。

接著，羅伯開口說：「泰默校長，不好意思。我也不想這麼失禮，只是我實在忍不住啦！」

羅伯滔滔不絕往下講的同時，班傑明已經完全清醒了。

「因為這就像個天大的玩笑啊，校長。是有人用手機上的攝影功能在空蕩的走廊拍下三個小朋友……然後改變曝光度，讓畫面看起來像是半夜，接著再加上造假的時間標記，打上我們的名字，上傳到YouTube，再把連結寄到你的信箱，還把它放到學校網頁上。整件事看起來就是這麼回事。」

泰默校長準備開口，但羅伯不給他講話的機會。

「然後現在，我們都聚在這裡看這個，感覺有點蠢。還有啊，剛剛笑出來真的很不好意思。我要說的是，星期六的凌晨三點，吉兒人在哪裡我不能保證，但是班傑明當時在我家過夜，這點你可以向我媽……我是說，我奶奶查證……因為……」羅伯誇張的頓了一下，開始吸鼻涕，後來每停一下就吸一次鼻涕。「因為……現在我和奶奶一起住……這一點你知道……因為我爸媽……已經……你知道，他們已經不……**不在了！**」

班傑明敬畏有加的看著羅伯啜泣，把臉埋在手中，一副直接在校長桌前精神崩潰的模樣。他哭倒在一張木椅上，不只哀嘆，還哭到打嗝。

班傑明和吉兒都看傻了，泰默校長則是不知所措。

不過他畢竟是校長，總得做點什麼。他連忙走到桌子另一頭，笨拙的輕拍羅伯的肩。

「好了，好了……沒事了。我相信這只是個……非常惡劣的玩笑。很抱歉害你又想起那些……那些傷心往事。羅伯，好了，沒事了。來，你們三個該走啦，去上導師時間吧……好嗎？」

校長等到羅伯哭得沒那麼厲害時，扶他站起來，還從桌上的面紙盒抽兩張面紙給他。羅伯邊擤鼻涕邊在泰默校長的攙扶下步出校長室，穿過老師辦公室，踏上走廊。班傑明和吉兒緊跟在後。

「好了，那就祝你們幾位小朋友有個愉快的一天囉。忘了剛剛發生的事吧。很好……那……那就祝你們今天愉快啦！」

說到這裡，校長就匆匆回到辦公室，把門關上。

他們還走不到十步，羅伯就完全復原了。

「好險喔，**總算**結束了。」他咕噥著說，再用力擤了一次鼻涕。

班傑明還是驚魂未定。因為羅伯說的關於他爸媽的事都是事實啊。他還在唸幼兒園的時候，他們就在一場車禍中喪生，可是，他剛剛竟然拿這個真實的悲劇來搏取同情？

「哇，傑瑞特！你真的很……我是說……我是說，**哇！**你剛才實在是……**哇！**」

吉兒嚇到差點說不出話。「是啊，帥呆了，可是真的好險喔！」

現在是星期一早晨，前走廊上擠滿了人，可是班傑明感覺像是**只有**他們三個存在。事實上，真的只有他們三個知道這棟老舊大樓已經燃起了熊熊戰火。

他板著臉和兩位同伴走向南面樓梯。對學校守護者來說，這個週末過得糟透了。YouTube影片裡的小孩**確實是**他、吉兒和羅伯，他們星期六凌晨三點半偷溜進學校裡。當時他們剛在西北角樓梯下確認一項重大的發現，也就是一個地下祕密通道的轉運站。這項發現原本可以徹底終結葛林里集團興建新遊樂園的計畫，可是李曼那個小人居然又出奇招，這次是靠低科技的保全設備——一隻名叫麋鹿的羅威納犬。這讓他們亂了手腳，所以忘記鎖上通往小隔間的祕密暗門，這也是為什麼狗兒有辦法用爪子破門而入。因此，李曼發現了這間密室，意識到它的重要性，接下來就交給他在葛林里總部的上司處理。他們在倉促之下聯絡了所有的遺產和古蹟維護團體。上星期六接近傍晚時分，葛林里集團發布新聞稿，把密室說得好像是**他們**發現的一樣，並且向全世界保證，這個新發現的地下祕密轉運站，他們會保持原狀，留存在原校區的小角落舊址。不過，舊大樓**大部分**的區域還是要拆毀，這樣才能興建他們那低俗的主題遊樂區——大船樂園。

到了星期日傍晚，學校督導在歐克斯小學的前階召開記者會，波士頓的每一家新聞台都派人過去了。基爾博士的臉上始終掛著笑容，對著一堆麥克風講話。

「我謹代表愛居港全鎮鎮民發言，大家對這項驚人的發現都很興奮！雖然我們身後大部分的樓房將被拆除，但歐克斯小學的這個遺跡會永遠留在此地。」

當記者問到究竟是誰發現這個逃亡奴隸的藏身處，督導再度展露微笑。「他不想公開姓名，以免讓發現古蹟的新聞失焦。」

所以，還真是多虧了李曼和他的那條狗，否則大型遊樂園的計畫就要泡湯了。剩不到兩個星期，這間老學校、愛居港這個小鎮和它寧靜的港灣，將會永遠改變。

「不能讓這種事**發生**！」

「什麼？」羅伯問他。

班傑明這才發現，自己把埋在心底的話說得那麼大聲。

他們三人在南面樓梯附近的門前停下腳步。

班傑明咬牙切齒的說：「我剛剛是說，我**不會**讓李曼和他鬼鬼祟祟的律師，還有他的惡犬得逞的！」

羅伯咧嘴笑著。「當然不會囉，普拉特。別激動啦！聽我說，在導師時間開始前，我得先去圖書館查點資料。不過別擔心，關於下一個保護裝置，還有要怎麼用那一大筆現金，我已經有點想法了！待會見。」傑瑞特往圖書館出發。

吉兒望著班傑明。「那麼，你覺得李曼是怎麼拍到我們的？」

他聳聳肩。「大概用動態感應攝影機錄的吧。但是把影片寄給校長？這就是新把戲了。他想害我們被退學，或者被抓去關。他才出第一招就差點命中我們的要害。」

導師時間的上課鐘聲響了三次。

吉兒說：「上數學課前再聊，好嗎？班傑明，別把這件事當作私人恩怨。李曼之所以這麼厲害，有一部分原因是他盡了他的本分。這一點我們可以向他學習。」

「也是啦，」班傑明說：「但我們贏得了他嗎？」

「一定要贏啊，」吉兒說：「就是這樣，我們非贏不可。」她給了他一個似笑非笑的表情，然後爬上樓梯。

班傑明走向美術教室，這表示他得直接經過工友工作間門口。他很怕碰見李曼。那傢伙把整個地下通道的祕密占為己有，這是天大的勝利。現在還用拍影片這招出擊，把校長當作武器？這招很惡劣……超狠的，和他的羅威納犬一樣。

班傑明用舌頭舔著門牙內側，這是他一緊張時就有的老習慣。他真的很想避開李曼。那傢伙見到他，一定會給他一抹油膩膩又譏諷的微笑。

工作間的門開著，班傑明還沒走到門前，就看見工友長長的垃圾推車從門口探出頭來。他想低著身子偷偷溜走，卻忍不住往左邊偷瞄，直視李曼的臉。但這麼一來就得停下腳步了。

班傑明站在垃圾推車前方，心怦怦跳，幾乎進入恍神狀態。這男人對他使出一個邪惡、憤怒的眼色。

「普拉特，閃開！」

班傑明跳到一旁，但還是緊盯著工友不放。

那不是李曼。

2 考驗時刻

什麼?!

班傑明呆站在原地，試著搞懂眼前的景象。

一名矮胖結實、身穿綠色工友制服的男人把垃圾推車從走廊推往辦公室。

換他當工友了？那李曼呢？

另一個疑問也啪嗒一聲冒出腦海。

我沒見過這傢伙，他卻叫得出我的名字，還認得我的長相！

只有一個可能，李曼一定是把他的（八成還有吉兒和羅伯的）

照片拿給這個人看過了，外加他們的課表、住址、手機號碼；說不定包括他們每個人的完整資料！

班傑明咬著牙，咬到牙齒都疼了。

他腦袋裡的時鐘告訴他，導師時間的最後鐘聲將要響起，他可不能遲到，否則就要被罰課後留校了。他趕緊轉向美術教室匆匆前進，沿途低頭望著木頭地板，陷入沉思。

那……李曼人呢？這個傢伙是來頂替他的嗎？還是……

「早啊，小朋友。」

班傑明倒抽了一大口氣。

李曼骨瘦如柴的手指緊握著長柄拖把的木頭把手。他站在美術教室的門邊，臉上掛著那歪扭輕蔑的微笑。他一開口，笑笑的嘴就張得更大。

「見到我的新助手了吧?瓦力可厲害了,YouTube 上的東西都是他的傑作。希望你和你的小夥伴今天早上沒遇到麻煩啊。」

班傑明不由自主的渾身發抖。兩星期前,他和李曼第一次正面交鋒的那種感覺又回來了。那就像是進入催眠狀態,彷彿一隻盯著蛇看的老鼠即將被生吞下肚。

最後一回鐘響的第一聲使他猛然回神,他很快踏出兩步進入美術教室。沒有遲到。

等他稍微放心一點,一股怒意才閃過心頭。班傑明找到一個出氣的完美方法。

「真是太好了!」他語帶諷刺的說:「又多一個新朋友陪我們玩了!」班傑明抬頭直視那對陰暗而深陷的雙眼,同時展露出笑容。「所以說……我猜這表示我們的老朋友傑若德.李曼一個人搞不定這件事，**對吧**？」

李曼像要咆哮般的翻起上唇，這時班傑明笑得更開。「李曼先生，那我去上課囉，祝你和你的小朋友瓦力有個**愉快**的一天。」

班傑明轉身快步走向靠近美術教室講台的座位。他雖然沒有回頭看，卻很肯定那個男人還在瞪他。李曼如果想在那裡站個十年，也是他家的事！

溫爾頓老師開始點名，班傑明覺得好痛快，簡直要從椅子上飄起來了。辯贏李曼？太痛快了！但感覺不只是這樣而已。

因為他對那個男人所說的話是事實。有人認為傑若德．李曼這個訓練有素、裝備齊全的間諜，擺不平歐克斯小學這幾個六年級的小毛頭。因此，他們在週末做出決定：增派援軍到前線。

這可是一大恭維呢！而且……

哇！這下不得了了。等一下！是學校的督導？她一定知道李曼在替葛林里集團工作。她一定知情！

不然李曼的搭檔怎麼會在星期一一早突然變成學校新工友？而且……泰默校長一定完全被矇在鼓裡！否則影片的事怎麼可能就這樣放過他們？

這件事真是疑雲重重啊！

班傑明左右張望一下。李曼離開了，溫爾頓老師正在忙著準備第一堂課。

他掏出手機，傳簡訊給吉兒和羅伯。

李曼有幫手了——工友助手瓦力。

大家小心！

班傑明送出簡訊，然後凝視窗外，回想著他對李曼說的話。他並不感到抱歉，一點都沒有。

吉兒老是說，他們應該避免和李曼有任何接觸，也說絕對不要把這件事當作私人恩怨。

但現在**已經是**私人恩怨了。

只要想起李曼聽到他一個人搞不定時的那個表情，班傑明就覺得太棒了！

或許他把李曼惹毛了，真的對計畫有幫助，畢竟人在氣頭上就容易出錯……

班傑明繼續凝視窗外，望見校園南邊草坪上的山毛櫸樹頂。它聳立在橡樹和楓樹之上，隨著吹上岸的海風搖曳。那棵巨木歷經無數颶風和東北風暴，活了一百五十多年，依舊屹立不搖。

歐克斯小學也是。但學校的根其實扎得更深，早在美國立憲之前，它就已深入小鎮的中心地位。在歐克斯船長的計畫下，這座學校俯瞰大海；他也把學校的建築和土地留給愛居港的每位孩童和每戶人家。他的立意良善，這份美意也應該永久留存下去。

光憑李曼和他的助手，休想拆毀學校！

班傑明發現自己像是在吹牛。他不喜歡這樣。

不過換個角度想，他只是在對自己精神喊話罷了。這挺不賴的。此時此刻，所有鼓舞人心的話，他都照單全收。

這時，一句名言浮上他心頭，那是湯瑪斯·潘恩於一七七六年寫下的著名講詞，算是美國獨立戰爭期間最激勵人心的一段話：「這是考驗靈魂的時刻。那些貪生怕死的士兵和好逸惡勞的愛國者，遇到眼前的危機將會怯懦退縮，但那些堅持奮戰到今日的人，才應得到全國人民的愛戴與感激。」

不過，我要的不是感激……也不是愛戴。

在這個關頭，學校守護者們必須審慎做出抉擇。他們必須向敵人進攻，善用每一項可以取得的優勢，每一天、每一分、每一秒都不能浪費。假如李曼和瓦力開始耍狠，他們也得見招拆招。

更重要的是，他們不能放棄。他、吉兒和羅伯被他們所無法想像的方式考驗著，並且一而再、再而三的接受測試。萬一他們失敗了，愛居港這整個鎮將從此改變。

不……不只是改變，而是被摧毀！

這項危機的需求顯而易見：該是挺身而戰的時候了。

3 得分

班傑明在去上第一堂課的途中又遇見了瓦力。

瓦力發現班傑明在看他。

後來，班傑明發現瓦力是**存心想**被人看見。那個助手壞蛋直接站在音樂教室對面的走廊，看守學校的南面。

班傑明有一股衝動，想要對他微笑揮手，但還是忍下來了。他溜進音樂教室，在合唱團的男高音區就定位，從敞開的大門看不到他這裡。

即使過了兩個星期，還是時時刻刻被人監視，這點令他不堪其擾。不過話說回來，這也是一種恭維，李曼和瓦力等於承認了需要嚴加看管學校守護者們。畢竟，要不是李曼養的那條狗，他們上星期的發現說不定會讓葛林里的陰謀徹底崩盤。

所以，葛林里的間諜知道，不能再讓這些小鬼查下去。不過，還好李曼不是一開始就知道他們**為什麼**要調查學校。

班傑明暗自竊笑。歐克斯船長將近三百年前深謀遠慮的計畫，如今成了班傑明的肩頭重任，李曼對此幾乎一**無所知**。

過去這十八天來，他都在尋寶；更確切一點的說，是在尋找安全保護裝置。即使是在李曼虎視眈眈的監視之下，他們的尋寶行動依然大有斬獲。

因為早在一七八三年，歐克斯船長就預知了未來。他很確定將來某一天，某個人會想侵占這片水灣，並想辦法從愛居港的孩童和家庭手中將它奪走。因此，他在校園布署隱密的安全保護裝置，希望有朝一日，守護者們能用來鎮守他的學校，那是他一生最了不起的成就。

班傑明知道他們已經有了重大進展。

上課鐘聲響起，他翻開音樂課本。合唱團正在為成果音樂會練唱。這個音樂會名為美國民歌演唱會，他們將在美妙的樂聲中向這間老學校告別。

馬森老師用鋼琴彈奏和弦，帶領合唱團開始井然有序的唱起美國傳統歌曲《洋基歌》。

班傑明也跟著唱，但只是嘴巴動動。他的腦袋正忙著思索保護裝置的線索。那些線索他早已牢記在心：

五聲鐘響後，請你來入座。
四乘四之後，再上踏一步。
經過三個鉤，一個是黃銅。
潮水轉兩圈，有人走進來。
一顆靜止星，地平線遠去。

「五聲鐘響」的線索讓他們找到歐克斯船長遺囑正本的附加條款，也就是一份但書。這張羊皮紙上留有船長的親筆筆跡；無論是誰，只要把這張簡易文件送到法院，就會立刻成為這所學校和周圍八十平方公里土地的新任所有人。不過，要是學校守護者真的鬧上法院，這場戰爭就會成為百分之百的法律訴訟，情勢似乎也會更加危險；因為葛林里集團養了一群張牙舞爪的難搞律師。吉兒和班傑明決定把但書留作最後的殺手鐧。

第二條線索「再上踏一步」，把他們領向樓梯下的密室，更確切的說，是兩間密室。他們在北面樓梯底下發現了地下祕密通道的轉運站，不過，那當然不是一七八三年的計畫。

真正的保護裝置是藏在南面樓梯下的黃銅硬幣，有了這枚紀念幣，他們就能使用愛居港銀行暨信託公司的帳戶。銀行在過去這兩百一十多年來，細心管理船長最初存放的黃金，價值約一萬四千美元；而上星期四，這幾位學校守護者得知他們有了這一筆祕密基金，可以用在「鄧肯·歐克斯船長小學之福祉、維護，以及永續經營」上。這筆基金數量大得驚人，一共超過八千八百萬美元耶！而且李曼和他的上司對這點毫不知情。

至於最近得到什麼優勢呢？有兩名成人生力軍加入他們的陣

營。金太太是正牌學校工友的遺孀，那位工友在臨終前召募班傑明成為新任學校守護者。後來，班傑明又在金先生葬禮上結識湯姆·班登，他也曾在歐克斯小學服務，是金先生的前任工友。

而且，羅伯·傑瑞特也加入了學校守護者的陣營，要不是吉兒極力促成，他們倆根本不可能結盟。班傑明不得不承認，羅伯是個聰明絕頂的智多星，不過說到他的個性……有時教人很難接受……超難接受。

所以，現在他們擁有五名正式的守護者、一大筆現金存款，還有神祕清單上尚未解開的三條線索，資源可是相當雄厚呢。

多虧金太太鼎力相助，他們也得到了通往學校每扇門的鑰匙。這些原本屬於她亡夫的鑰匙已經證明果然用處多多。如果沒有它們，這三位小朋友也不可能在星期六的凌晨三點溜進學校。

他們唯一缺的就是時間。時程表定在六月十一日、也就是學校開始放暑假的那天動工拆校。只剩下十天了。

他們必須得到下一個保護裝置，但在那之前，還得破解一道新線索：**經過三個鉤，一個是黃銅**。

傑瑞特說他有想法，這是好事一樁。這傢伙是個如假包換的天才，這點班傑明可以舉雙手贊同……通常是這樣啦。

羅伯還是超級顧人怨、愛出風頭又煩人；不過他舉一反三的機智彌補了其他缺點……通常是這樣啦。

合唱團唱完《洋基歌》後，改唱一首古老的水手歌。當大家唱到「嘿，快點划，我們要駛向天晴的地方」，班傑明就忍不住微微笑。因為上星期，他還得到另一項驚喜——一艘帆船，他個人專屬的樂觀型帆船。他到現在還不敢相信。這艘船雖然不是全新的，但船帆和索具是新的，船身也光滑潔淨。

他等不及要和傑瑞特正面交鋒了。他們隸屬於同一家風帆俱樂部，上一季都在為分組冠軍爭個你死我活。雖然他們在學校通力合作，卻不代表到了海上也要相互禮讓。這星期六的帆船賽一定會很有看頭！

至於這艘船最讚的地方，就是這是他爸媽聯手組給他的；這也是他們分居兩個月以來，第一次同心協力做的事。

班傑明很愛下一首歌，於是全心全意引吭高歌：「我一直忙著建鐵路，從早忙到晚……」

不過他的思緒很快又飄走了。

關於地下祕密通道那件事啊……一定把葛林里陣營的人給嚇傻了。所以，哪怕他和吉兒、羅伯在學校裡只有一丁點的時間，李曼和瓦力都會用盡一切方法阻止他們繼續查下去。

但不用說也知道，社會科報告替他們帶來一項優勢。他們三人以研究學校歷史的名義，得到因曼老師和圖書館老師的特准，可以提早到校、延遲離校。

圖書館是他們做報告的大本營，李曼竭盡一切努力要把他們困在裡面，卻總是失敗。

但現在除了李曼的超高度警戒，又多了瓦力這名後援，如果他們打算有所進展，就得想點新招。

經過三個鉤，一個是黃銅。

鉤子……哪種鉤子呢？班傑明開始在心裡列表，可是沒有一項兜得起來。也許和雕刻品有關……

這時對講機的擴音器波波作響，然後噹啷一聲，音量大概有平常鐘聲的一半。合唱團的歌聲嘎然中止，整間音樂教室充斥著學校祕書的嗓音：「馬森老師嗎？麻煩請班傑明．普拉特立刻到辦公室來，他有一通緊急電話。」

4 東敲敲、西捶捶

班傑明愣了兩秒，等他弄清楚對講機捎來的訊息，馬上手忙腳亂的離開合唱團階梯，將音樂簿扔在一旁，抓了書包就奔出音樂教室，幾乎是用跑百米的速度穿過走廊。

緊急？

腦袋裡塞滿了他最害怕的事。一定和他爸媽有關，對不對？一定是發生了什麼很慘……糟糕透頂的事！

他衝進辦公室，韓登太太一見到他就指向保健室。

「班傑明，裡面沒人。電話按三線。我幫你關門，讓你私下好好談。」

班傑明呼吸困難，感覺自己快暈倒了。他的手指冰冷、抖個不停，很難按下電話上不斷閃動的按鍵。

「嗯……喂？」

「你是哪位？」是個男人的聲音，聽起來一板一眼的。

班傑明氣若遊絲的說：「我是班傑明．普拉特。」

「嘿，普拉特，很高興你趕來了。聽我說，我現在要……」

「什……什麼？你是哪位啊？」班傑明像是被人揍了一拳似的甩甩頭。

「放輕鬆，普拉特，是我啊，傑瑞特啦。我是從三樓男廁打來的。時間寶貴，我要你……」

「傑瑞特，你真的很混蛋耶！我還以為我爸或我媽……」

「好啦，我知道。不好意思，可是我必須趕快把你弄出教室，好讓你去查個東西嘛，我不想讓晾衣架和矮冬瓜……」

「誰？」

「就是李曼和瓦力啦！我在離開圖書館要去班上和導師碰面的途中看見那個矮子，他看起來真像個侏儒。總之，那對邪惡的拍檔以為你正在合唱團練唱對吧？我要問的是，他們沒看到你穿過走廊跑來辦公室吧？」

「沒吧，應該沒有……」班傑明感覺暈頭轉向，但羅伯還是自顧自的往下說。

「那就好。你聽我說，現在有件事交給你去辦。東西向的走廊外牆上有高高彎彎的柱子，用來撐天花板橫梁的，你知道吧？」

「知道啊……」

「好，那我要你去捶每根柱子。」

「什麼？……**為什麼？**」班傑明問。

「沒時間解釋啦，照做就對了。記得要用硬的東西敲喔。」

「像是什麼？」

「像是你的腦袋啦，普拉特，我哪知道，找硬的東西就對了，什麼都行。還有，敲的時候要仔細聽喔。」

「聽？」

「對，一定要聽，而且要專心。晚一點我會考你。先走囉。」

「喂，等……等一下！」班傑明氣急敗壞的說：「那我要怎麼和學校祕書解釋啊？」

「解釋什麼？」

「解釋這通電話啊，笨蛋。我要怎麼跟她說？」

羅伯笑了。「我怎麼會知道呢？發生緊急事故的**是你啊**！待會兒見囉。」

電話掛斷了。

班傑明掛上話筒，回到辦公室。祕書匆匆走過來。

「親愛的，有什麼我能幫忙的嗎？」

班傑明搖搖頭。「嗯，其實……現在沒事了。就是和我媽同間辦公室的……那個叔叔，他很擔心，因為我媽要……開會……她真的遲到很久，又沒接電話，所以她同事覺得可能出了什麼狀況……又不知道怎麼聯絡我爸。不過，就在我們講電話時，我媽進辦公室了……好像是車子出了問題。嗯……我可以回去練唱了嗎？」

班傑明很氣傑瑞特把他逼到這一步，他最討厭說謊了。但韓登太太看起來好像鬆了一大口氣，班傑明好怕她會衝上來抱他。

她臉上堆滿笑容，開給他一張通行證。「真高興一切沒事！班傑明，拿去吧。」

這時班傑明靈光乍現，想到可以用什麼來捶梁柱了。大約兩星期前，他在華盛頓街的水溝裡找到一顆棒球，表面嚴重磨損，但是還可以用，現在還在他的書包裡。

他出了辦公室後左轉，把手伸進背包找出那顆硬硬的棒球。第一根柱子靠近轉角，就在南面樓梯的門前。

他東張西望確定沒有危險，才把棒球緊緊握在掌心，朝深色橡木柱子用力一擊。

咚！

走廊上雖空無一人，但情況瞬息萬變。他趕往下一根柱子。

咚！

第三根柱子正對著工友工作間的門口，所以班傑明敲它的時候稍微小力一點。

咚！同樣的聲音。

兩個工友都不在工作間。羅伯叫他們什麼來著？哦，對了，晾衣架和矮冬瓜。真好笑。

他敲了第四根柱子。

咚！同樣實心、低沉的聲音，和敲樹沒兩樣。

班傑明開始覺得自己很蠢，每走一步，對傑瑞特的怒氣就有增無減；他準備要放棄了。他往前望，數一數發現還有七根柱子他決定至少把學校這一側的柱子敲完再回合唱團，於是他加快腳步。

就在他捶第六根柱子的時候，路克．巴頓從男廁走出來。

咚！

這小男孩微笑著走過來。「你在幹什麼？」

「我看起來像在幹嘛？」

班傑明快步走向下一根柱子。

咚！

路克緊黏著他。「下一根給我敲好不好？」

「好啊，」班傑明說：「不過被抓到的話，別怪我唷。」

班傑明把球扔給他，路克就跑到下根柱子前，重重砸了一下。

咚！

他回頭面向班傑明，咧嘴一笑。「酷！」

班傑明不懂拿破爛棒球去敲木頭柱子有什麼好酷的，但還是點頭說：「對啊，很酷吧！」

路克把球扔還給他。

「謝啦，普拉特。待會兒見。」

「好。」

班傑明一派輕鬆的走到下一根柱子，連腳步都沒停下來就拿球側擊柱子。

他停下腳步。

倒退兩步，面對柱子站著。

他歪著腦袋。剛才是「**咚**」一聲嗎？

他左顧右盼。路克已經拐過轉角，走廊上又變得空空蕩蕩。

他手往後拉，拿硬棒球使勁砸向柱子。

不太像「咚」。

他又敲了一次，這次他確定了。

這根柱子的聲音獨一無二。

5 和鉤子有關

「你很確定嗎？」

「對，傑瑞特，我很確定。我分得出來什麼是『咚』、什麼是『噹』。不然你自己去敲敲看。南面樓梯的第八根柱子，敲起來是『噹噹』響。」

班傑明咬了一口巧克力蛋糕。從羅伯的眉毛形狀看來，他的拷問還沒結束。

他和吉兒、羅伯撤到餐廳的一個角落，他們從來沒在這裡吃過飯。現在他們每天都會選一個不同的位置吃午餐，這樣李曼就不知道該在哪裡裝竊聽器了。班傑明很想安安靜靜的用餐，可是每次午餐時間最後都會變成作戰會議。

「所以……這個噹噹聲，」傑瑞特說：「音調高還是低？」

「低。非常低。」班傑明用插進牛奶盒的吸管吸了好大一口牛奶。他的蛋糕吃完了，這表示他得開始吃烤起司和沙拉了，這一直是他不願面對的時刻。

「聽起來是實心的，還是比較像空心？」

「嗯……」班傑明咬了一大口三明治，細嚼慢嚥，又啜飲一口牛奶。「我覺得是實心又帶空心。聲音本身滿沉的，可是裡面也傳來一點回音，像『匡』的聲音，和『噹』有押韻耶。」

吉兒吃完午餐，舉手插話，免得拷問無限持續下去。「羅伯，不要再故布疑陣了。問這些到底要幹嘛？」

「這還不簡單，都是和鉤子有關啊！這是下一條線索，對吧？『經過三個鉤』什麼的。昨晚我列了一張表，把所有想得到的鉤都列出來。」

「我也列了。」班傑明說。

「我也是。」吉兒說。

「好，」羅伯說：「那你們一共想出幾種不同的鉤？」

班傑明說：「掛衣鉤、洋釘鉤、爪鉤、帶鉤拖船竿、鈕扣鉤、魚鉤……」

吉兒插嘴說：「還有鐵壺鉤，是在壁爐上掛鐵壺用的。還有畫鉤、鏈鉤、掛肉鉤，就像豬肉店那種。還有除草鉤，它的別名是小鐮刀……」

「還有門鉤和窗鉤，」班傑明說：「掛簾子的那種。」

「或者是取代手的鉤子，《彼得潘》裡虎克船長戴的那種……」

羅伯點點頭。「對，這些我都想到了，還想到一些別的，但沒有一種和我們認識的學校有關。所以呢，我開始用約翰．范寧的角度思考。」

這個名字班傑明很熟，他們都很熟。約翰．范寧是船上的木匠，一七八〇年代被歐克斯船長聘雇，將他巨大的磚塊倉庫改建成一所學校。想到怎麼藏保護裝置的，也一定是范寧。

班傑明微笑著嚼另一口三明治。羅伯要展現他有多天才了。又來了。因為班傑明已經不像以前那麼愛嫉妒、那麼愛生氣，所以準備洗耳恭聽。

羅伯面向吉兒說：「還記得金先生給普拉特的那枚金幣吧，他們是怎麼稱呼學校三樓的？」

吉兒點點頭。「上層甲板。」

「沒錯，」羅伯說：「他們將造船術語運用在學校建築上。」

他望著班傑明，繼續說：「他們又是怎麼稱呼學校正中央的？」

「船中央。」

「沒錯，航海術語。所以說，線索裡『鉤』這個字，也可能具備什麼航海意義，和造船或怎麼描繪船有關。於是，我從愛居港市立圖書館的網路查了《牛津英文字典》，也用了布林搜尋……」

「用了**什麼**？」吉兒問他。

「布林搜尋，是以數學家喬治．布爾（George Boole）命名的檢索方式。我想查出英語史中『造船』和『鉤』這兩個詞的所有關聯，所以用《牛津英文字典》輸入『船和鉤』，『和』（AND）這個字還都用大寫字母，這麼一來，包含這兩個字的所有項目都不會漏掉。然後字典找出一個單字給我：futtock（腹肋板）。」

「什麼？」班傑明問他。

「Futtock，」羅伯說：「和英文裡的『屁股』（buttock）這個字押韻。」

「很好，」吉兒說：「那這個和『屁股』押韻的單字，到底和走廊上的柱子有什麼關係？因為這樣就要可憐的班傑明偷偷摸摸拿著棒球敲，去找出敲了會發出不一樣聲音的柱子嗎？」

羅伯和往常一樣不急著揭曉謎底。班傑明用餐巾掩飾偷笑。他無法確定哪一點比較有趣：是羅伯在耍聰明？還是吉兒的不耐煩？

「這點我馬上解釋。剛剛說到的《牛津英文字典》是個超強的搜索工具。稍微研究一下『futtock』這個單字的定義，就會發現它其實是兩個單字的合併，那是因為水手們齊聲吶喊，話講得很快，講『foot-hook』時把字都連在一起說，變成了『futtock』。沒錯，『foot-hook』裡的『hook』就是『鉤』！為了詳加解釋，《牛津英文字典》引述了一本歷史悠久的造船古籍，年代可以追溯到一六一一年，作者是約翰．史密斯船長。」

班傑明屈身向前。「真的假的？是《風中奇緣》女主角寶嘉康蒂救到的那位船長嗎？」

羅伯點點頭，從口袋掏出一張小紙片。「對，史密斯寫的那本書叫《水手的文法書》，書上說：『你的小艇舷縱材，即是鉤子，或是底層木板和龍骨上的腹肋板。』所以說，假如歐克斯船長和約翰．范寧用的是航海術語，並把那個字運用在這棟建築上，那鉤子又代表什麼？」羅伯馬上回答了自己拋出的問題。「代表走廊上又粗又彎的柱子啊！為了確認我的推測無誤，今天早上我去圖書館的珍本藏書區找到約翰．史密斯寫的那本書，上面還有約翰．范寧的親筆簽名！」

班傑明說：「所以你要我敲那些柱子，聽聽看有沒有不像木頭的聲音。」

「完全正確。『經過三個鉤，一個是黃銅。』所以『噹噹』響就是黃銅的聲音。」

班傑明正準備說數字兜不攏時，就發現自己搞錯了。

「哦……如果是從離美術教室最近的那根柱子開始數，那**噹噹響**的就是第四根……這樣就搭起來了！」班傑明不得不咧嘴一笑。

「傑瑞特，這太厲害了！**超強的！**」

吉兒以微笑表示贊同，但馬上接著說：「可是，這樣還是解不開那條線索啊。還有，為什麼不能直接用肉眼檢查柱子，確認它們是金屬而不是木頭？」

羅伯說：「我猜他們是故意把那根柱子漆得像木頭一樣，不然就是在黃銅外面貼了層薄薄的木板或鑲板之類的東西。對，你說得沒錯，我們什麼都還沒解決，不過至少知道要從哪裡找起了。」

吉兒繃著一張臉。「柱子這麼正大光明的豎在走廊上，而且又離工友工作間很近，實在有點麻煩。」

「這也是為什麼，」羅伯說：「我們需要一台頂級的相機。」

班傑明點點頭。「沒錯，拍下幾張照片，就算沒有杵在那裡盯著柱子看，也能好好研究一番。」

「那……大家都同意了吧？因為我已經相中一台鏡頭超讚、百萬畫素的輕巧相機。可以請湯姆．班登去愛司相館買，這樣我們明天就能拿到囉！」

班傑明發現吉兒開始皺起眉頭。她不喜歡羅伯老愛發號施令，或是一得知有那筆鉅額基金就開始盤算怎麼花錢。班傑明原本以為她會回嗆個一、兩句，沒想到她臉色突然變得柔和。

「我投贊成票，」她說：「去買最高級的相機。那筆鉅款或許是我們最有利的武器，就好好**利用**吧！」

羅伯咧嘴一笑。「那就好！因為我還想添購其他工具或設備，以及一些武器系統，這可要燒掉大筆鈔票呢，所以說……」

他突然不說話。班傑明發現他瞪大雙眼，臉上的笑容消失。

「他來了！」他用氣音說：「瓦力，離我們六公尺遠，正迅速逼近。知道該怎麼做吧？」

他們三個二話不說立刻起身，拎了各自的東西匆匆走到角落放下午餐餐盤。吉兒馬上步出通往操場的西門，羅伯也離開餐廳，穿過通往新大樓（也就是學校新建平房）的那扇門。

餐廳裡只剩下班傑明，不過他沒有馬上離開，反而走回一張餐桌前，坐在路克和比爾對面。

「你們好啊。最近怎樣啊？」

他們回話的時候，班傑明縱使臉上堆滿笑容，但那些話他幾乎一句也沒聽進去。他正用眼角餘光緊盯著瓦力。

這傢伙假扮工友的演技實在有夠差的。他還杵在他們剛才吃飯的角落，拿著拖把劃圓圈。瓦力雖然在監視班傑明，雙眼卻不斷掃向吉兒和羅伯離開的那兩扇門。上頭指派他的任務是在午餐時間追查守護者的行蹤，現在他卻把三分之二的目標搞丟了。

班傑明說：「你們會不會覺得星期五自然科的小考很難啊？」

他裝得一副和兩個同學聊得很起勁的模樣，但不到十五秒，事情就發生了。瓦力衝向羅伯離開的那扇門，到了門口，他把拖把靠在牆上，對班傑明又瞄了一眼，就快步邁入走廊。

瓦力一從視線中消失，班傑明就對同學說：「我得先走囉！」就在出門前往舊大樓的途中，他被福萊格老師攔了下來。

「你有通行證嗎？」

班傑明真想大叫：**這位太太，你有什麼毛病啊？你明知道我有通行證，我每天吃完午餐都秀給你看，已經兩個星期了！**

可是他沒把心底話喊出來，只是甜甜的笑了一下，把因曼老師和辛克萊老師共同簽名的那張亮黃色破爛紙條遞給她。

「好，可以走了。」她說。

班傑明蹦蹦跳跳的步上堤道，放膽快步前行，一度回頭偷瞄看瓦力有沒有跟上來。沒有。

太好了，因為班傑明必須先到辦公室一趟。他們午餐時間兵分三路，就是為了這個。他途中沒看見任何一位工友的身影，不到兩分鐘就抵達目的地。

學校祕書抬起頭，對他展露笑容。

班傑明也回以微笑。「韓登太太，您好。午餐時間我發現學校來了個新工友，因為我和同學正在做有關學校歷史的報告，所以想採訪他，問問他對舊大樓的第一個印象是什麼。可不可以請您告訴我他的全名？我的意思是，直接走到人家面前叫他『工友先生』什麼的，似乎有點沒禮貌。」

韓登太太點點頭，開始翻閱一疊文件。「他剛來我們鎮上，我今天早上才收到他的個人資料。話說回來，我真搞不懂學校怎麼會在學期快結束的時候請人。好，找到了。他名叫瓦勒斯．V．勞伯頓。」然後她拼出瓦力的姓氏。

「太好了，」班傑明說：「謝謝，再見。」

班傑明離開辦公室，轉彎前往圖書館。任務達成！他嘴角不由自主的上揚。間諜遊戲真令他樂此不疲。

另外讓他開心的是，得到的資料不是什麼菜市場名。如果在網路上輸入瓦勒斯·V·勞伯頓這個名字，八成能夠查到他的相關背景，其中有些說不定會派上用場。仔細搜尋的話，也許會找到意想不到的資料。

班傑明讀過許多真實的戰爭歷史，間諜總是在其中扮演著至關重要的角色，這種工作稱為情報蒐集。想要打勝仗，就要盡可能掌握敵人的資料。

即使敵人的綽號叫矮冬瓜。

6 關鍵人物

星期一快要傍晚時分，班傑明走出校園，感覺如釋重負。

士兵離開戰場返鄉的時候，是不是這種感覺？

後來他才想起今天其實性命沒有受到威脅，不像真正的士兵要在槍林彈雨中衝鋒陷陣。但兩者還是有相似之處……其中之一，一定會有敵我分明的兩個陣營，雙方對於戰役應該怎麼結束抱持著不同的想法。

至於今天一早被校長拉去對質的影片風波呢？對方居然是玩真的，搞不好會傷到他們，雖然不算什麼肉體上的傷害……除非你把整個暑假被禁足當作威脅生命的難題。

不，這和武力衝突差遠了，比較像在較量誰的點子比較棒。如果他和其他學校守護者想贏這一仗，勢必得以智取勝，拚過葛林里派來的打手。

想到這裡，班傑明覺得他們在這方面已經大有斬獲。因為在戰火逐漸升溫的同時，他們這個守護者小軍團已經成為一群學有專精的尖兵了。

羅伯很快就樹立自己智多星的地位。他實在太天才了！這是件好事……在百分之九十九的情況下。他足智多謀、算計高明，不只巧妙的聲東擊西，還是個不會致命的武器工程師。總之，他實在是太……天才了。

吉兒則成為一位了不起的發問者，不斷督促大家腦力激盪。除此之外，她也是個網路搜尋高手，指派大家今晚查瓦勒斯．V．勞伯頓背景的就是她。她總是知道怎麼激勵人心，總是能找到解套的方式，並想到下一步該怎麼走，不過關於這一點嘛，應該說是很少例外啦！而且她很勇敢。她提出召募羅伯加入的想法是這麼大膽的一步棋，後來證明是個超棒的決定……在百分之九十九的情況下。

至於退休的工友湯姆．班登呢？他成了財務長和補給品專家。他提議申請信用卡，可以連結使用那筆龐大的歐克斯信託基金帳戶，這樣守護者需要購物時，就不用每次都跑去愛居港銀行暨信託公司了。此時，他正忙著訂購和組裝羅伯挑選的每樣設備。

金太太的參與雖然不深，應該說還不深……但是她亡夫的鑰匙顯然立了大功。況且，她做的巧克力蛋糕是全宇宙最好吃的，這是他們士氣大增的重要利器呢！

那我的專長呢？拿硬棒球去敲木頭柱子嗎？

班傑明撇開這個念頭，先左右張望，看到沒有來車就穿過中央街，往西走回家。

回其中一個家……

自從父母分居之後，他就輪流在兩個不同的地方住。一個星期和爸爸住在帕森斯遊艇碼頭的帆船上，一個星期和媽媽住在胡桃街原本的家。

他甩甩頭，逼自己把家務事拋開。他得專心解決眼前的事。下午他一如往常，幾乎都待在學校，而且是在晾衣架和矮冬瓜無微不至的監視下度過。但是今天待在圖書館的課後時光令人格外洩氣。

李曼以前有個致命的弱點，他得時時刻刻盡學校工友的職責，但背地裡的真正任務是維護他老闆葛林里的利益。所以他只要在校園別處忙得分身乏術，學校守護者們就能趁機搜尋下一個保護裝置，或許這也是能幫他們贏回局面的利器。

可是瓦力的出現改變了一切，今天下午他們第一次嘗到苦頭。李曼保持偽裝、執行工友真正職務的同時，瓦力就緊黏在圖書館假裝工作。

今天課後聚會最棒的時刻，就是班傑明、吉兒和羅伯複製午餐奇招，再次上演兵分三路的戲碼。他們三人突然離開圖書館，各自往不同的方向走。

可是就連這招也表現得差強人意。瓦力和李曼現在都帶著無線電對講機，所以班傑明一出圖書館，就聽見瓦力對著夾在他衣領的麥克風說：「一號朝南面樓梯走，三號前往辦公室方向，二號還在視線範圍內。」

李曼立即回覆：「交給我。你去盯二號！」

等班傑明（也就是三號）拐過辦公室附近的轉角，他發現李曼站在遠處可以同時守著兩條長廊的角落，那裡真是個滴水不漏的觀測點。

班傑明完全對他視而不見，快步經過，再爬上北面樓梯，這就逼得李曼必須二選一了，他也確實當機立斷，跟著班傑明上樓。班傑明聽到身後靴子咯噔咯噔踏過地板，一路上了三樓，然後穿過走廊到南面樓梯，接著下二樓，繞回北面樓梯再到一樓，之後左轉，在一樓走廊走了好久，最後重新回到圖書館。李曼跟著他團團轉的同時，瓦力黏著吉兒，二號的羅伯則無人看管。

但那也只維持了三分鐘左右，幾乎不夠羅伯檢查美術教室附近

的走廊。他想看看瓦力有沒有偷藏相機，像是逮到他們週末凌晨三點造訪學校的那台。肉眼望去沒有找到，但不表示相機不存在……三分鐘哪夠啊？

對，無庸置疑的是，瓦力是改變局勢的關鍵人物。

班傑明走在胡桃街上，離他家只剩三戶遠的距離，就在這時，他聽見一輛車從身後靠近，接著是喇叭聲響。他轉身一看，是一輛深綠色的小車，駕駛正是瓦力。

他的頭幾乎和方向盤同高，副駕駛座的車窗開著。他又按了一次喇叭，揮手微笑，然後猛踩油門，駛出街區。

班傑明心想：哇，真恐怖！

但他很快就把這件事拋開。那又怎樣？用膝蓋想也知道，他們掌握了他家住址，而且肯定不會放過他放學後的行蹤。如今葛林里集團增加了在地軍團的勢力，學校守護者自然得面對更多壓力和更激進的跟蹤行動。

而瓦力為什麼要按喇叭、向他揮手呢？顯然是故意要班傑明知道他被跟蹤，戰爭開打了，同時宣告戰場不僅止於校園。不過，戰火老早就向外延燒了，因為李曼兩個多禮拜前就假冒遊艇仲介商，在他爸爸的帆船附近探頭探腦的。

班傑明還沒把鑰匙插進廚房的門，尼爾森就在屋裡扒著門的內側。門一開，這隻科基犬馬上衝到私人車道，在他身邊團團轉，像隻小小狗那樣尖叫。回到胡桃街的家接受尼爾森的歡迎，要比走到遊艇碼頭、待在空蕩蕩的帆船上等爸爸回家好多了。

不過他爸媽通常不會太晚下班。他媽媽是房地產仲介，所以工作時間很彈性。他看了時鐘一眼，四點四十五分，媽媽大概再一小時就回家了。

他爸爸馬上也要放暑假了，畢勤中學的行事曆和愛居港的其他學校一樣……不過他是不是打算在暑修班開幾何學的課，或是得帶長曲棍球夏令營，班傑明就不確定了。

在爸媽分居之前，她們本來為暑假擬訂好一個隆重的計畫，打算全家人搭「時光飛逝號」來趟家庭旅遊，一路往南開，說不定會開到巴哈馬。但是，看來這個願望今年夏天不會實現了。也許永遠都無法實現。

他再次把煩惱全都推得遠遠的。

我該上樓做功課了。

可是，想到要一路爬樓梯到位於閣樓的臥室，他就整個人提不起勁，乾脆賴在客廳的沙發正前方。他放下背包，倒在抱枕堆上。

他伸個懶腰、打個哈欠，科基犬立刻跳到他身邊。班傑明一邊仰望天花板，一邊伸手搔尼爾森的耳後。小狗更往他身上鑽。這裡好平靜啊，和學校的生活差了十萬八千里。也不像住在船上，這裡一切風平浪靜，無聲無息。

軍人都是怎麼說的？

他想不起來，乾脆閉上眼，不去想它。這時記憶卻浮現腦海。

想到了……**休養生息。我現在正在休養生息片刻，也就是在休息與復原中。**

不到一分鐘，這名士兵和他的戰犬就進入了夢鄉。

7 各個擊破

「尼爾森，給我從沙發上下來！」

科基犬叫了一聲，四隻小短腿像是裝了加速裝置，瞬間跳到地上，手忙腳亂的找掩護。

班傑明坐直身子，暈頭轉向，睡眼惺忪。

「班傑明，你明知道狗**不能**上去沙發！」

「對……我大概睡著了。」

「好，現在給我起來，把坐墊弄蓬，幫我把房間整理得像樣一點。還有，把尼爾森的玩具收起來，再把你的東西拿回臥室。」

媽媽忙得團團轉，先整理書報，又拿抹布擦茶几上的灰塵。

「再過五分鐘，我有客戶要來家裡討論公事，所以我們會晚一點吃飯。你有沒有稍微吃點東西墊墊肚子？等一下也許會叫中國菜外送。快點打起精神，從沙發上起來幫忙，動作快！」

休養生息時刻確定結束。

班傑明把媽媽交代的事做完，然後拖著沉重的腳步回臥室。他坐到筆記電腦前收信，但一封新信也沒有。本來他還期待吉兒會挖到有關瓦勒斯．V．勞伯頓的內幕，不過她八成還沒動手查。

他蓋上筆電，差點往床上倒。他還是覺得癱軟無力。可是後來門鈴響起，他也餓到睡意全無，看來點心時間到了。

他靜悄悄的走到一樓，在樓梯底部右轉，進入廚房。

訪客是一名嗓音低沉有力的男人。

「是這樣的，我們久仰你在愛居港的成就，很高興與你見面。」

班傑明臉上泛起微笑。媽媽確實是很優秀的房地產仲介，不只工作賣力，也樂於助人。

他想偷溜去冰箱，他真正想要的是一杯冰牛奶，因為待會兒就能吃中式料理了……聽起來真讚。

但媽媽和那名訪客發現他在門口鬼鬼祟祟。

「這位小朋友是你兒子嗎？一定是，你們母子長得很像！」

「班傑明，」媽媽說：「來見過伯屈叔叔。」

男人起身迎接走進客廳的班傑明。班傑明伸出手，強而有力的與對方握手，握手的同時直視男人的雙眼，就像爸爸教的那樣。

「很高興認識你。」

男人緊握他的手不放。「班傑明，彼此彼此。我要說的是，今天我帶了一個非常愉快的任務來你家。公司授權給我，要讓你媽媽變成大富婆喔。你會很開心吧？」

班傑明尷尬的微微一笑，準備鬆手退後，可是男人把手握得更緊，緊到幾乎要弄痛他了。

「沒錯，班傑明，你媽要變成大富婆了！」

班傑明困惑的把手抽走。

「邦妮，要不要把我們談的事情跟班傑明說呢？」

班傑明不喜歡他這樣直接叫他媽媽的名字，感覺太親密了，可是媽媽似乎受寵若驚。

「這個嘛，事情有點複雜，但伯屈叔叔任職的公司在過去一年買下愛居港碼頭北面和南面的整片土地，他們計畫要蓋一些非常高檔、有品味，而且樓層不高的公寓大樓。」

男人對班傑明眨了眨眼。「超高級住宅，房價很高喔。邦妮，跟他說我們打算蓋幾戶。」

「接下來三年要蓋四、五百戶，他們請我當獨家代理的房地產經紀人！很棒吧？」

「嗯，對……很棒。」班傑明說。

雖然對媽媽的生意了解不多，他卻開始在腦袋裡計算。她身為房地產經紀人，每筆交易大概能抽百分之三的佣金……假如一共有四百戶，每戶賣個二十萬美元好了，那這項提議的價值……就直逼三百萬美元，說不定還會更多！

所以說，沒錯，這是筆**天大的**交易。

伯屈先生清清嗓子。「但話說回來，這都取決於那家新的主題樂園，就是『大船樂園』啊！我們買的土地離園區夠遠，所以放眼望去，樂園將是海灣上朦朧的點點燈火。我們公司一旦決定就會貫徹到底，沒有例外。這些新建案將徹底帶動地方上的經濟繁榮，更別說會讓你財源滾滾了，邦妮，這還能給班傑明帶來許多好處。」

男人的目光鎖定班傑明的時間有點久。

班傑明這才恍然大悟。這下他**明白**了！

不過他還是問了這個問題。

「伯屈叔叔，請問你在哪家公司上班？」

男人展露燦爛的笑容，死命的盯著班傑明的雙眼。

「小朋友，是葛林里房產建設公司，一家很**偉大**的公司！」

班傑明瞇起眼，但他沒眨眼，也沒迴避目光。他心想：「才沒那麼了不起好嗎？葛林里集團在南北戰爭時期夏伊洛戰場的舊址附近做了什麼？把綿延的青草地變成整排的商店街和速食店！這就是你口中『偉大』公司的拿手絕活！」

他只是在想，沒有說出口，卻隱約覺得那男人識破他的心思。

這傢伙是個狠角色。他也沒有眨眼。

班傑明說：「之後的進展真教人興奮，對吧？」

男人臉上始終堆滿笑容。「沒錯，小朋友。一點都沒錯。」

「那麼很高興見到你，李曼叔叔……講錯了，是伯屈叔叔！」

男人的笑容稍微動搖，雙眼也瞪得老大，然後眨眨眼。

班傑明轉身走進廚房，替自己倒了牛奶。

客廳裡的對話持續，但班傑明不理會，拿著那杯牛奶上樓回房間。樓上比較安靜，他需要好好思考。

這件事很棘手。對方找上他媽媽，允諾讓她鈔票進帳、賺飽荷包。因為他們盯上**他**了。

這就像李曼幾天前在圖書館對吉兒說的那些話，說什麼她爸買了很多葛林里集團的股票，想用這個方法勸她不要再捍衛學校。

這招對吉兒不管用，自然也不會在他身上奏效。

這只是再次證明並驗證了必須有人阻止葛林里的行徑。他們派這位伯屈叔叔對他媽媽撒了大謊，假裝因為她很能幹，所以是全愛居港萬中選一的房地產仲介。等她發現自己真正被選中的原因，一定會很傷心。但是，她應付得了的。

不過再怎麼說，還是很難堪。

這時班傑明發現他牙齒咬得太緊，下巴都繃疼了。

他放鬆心情，逼自己喝一大口牛奶……好多了。

不過，要是李曼和其他葛林里的爪牙以為這種事會拖累他的進度，他們之後可是會大吃一驚呢。

8 匆匆決定

和媽媽吃中國菜一點都不好玩。

「班傑明，真的很棒，對不對？那些人很懂得做生意，吉姆又是個大好人，以後我直接向他呈報就可以了。我等不及要開工了，感覺就像是美夢成真啊！」

班傑明在心裡暗想：「比較像是惡夢連連吧。」他保持微笑、不斷點頭的同時，還得想辦法別被豬肉炒飯噎到。

這些人對他媽媽做的事，實在太**過分**了！

吃完晚餐後，他回到臥室，打了電話給吉兒。他把事情全都說給她聽。

「你和羅伯說了嗎？」她問。

「還沒。本來也不想跟你說，可是別誤會，我沒有打算退出好讓我媽去賺那一大筆錢。我……我只是不想讓其他人知道這件事。我替她感到難過。就這樣。」

吉兒的語氣很平靜。「我爸一年至少會買兩次房地產，我知道如果少了律師，他絕不會採取任何行動。我覺得你得和一個好律師、一個擅長房地產的律師談這件事。我再打給你。」

然後電話就斷了。

班傑明盯著手機。她爸爸的律師？這個主意太糟了吧！

他按了重撥鍵，卻直接轉到吉兒的語音信箱。他又反覆播了四次，才不耐煩的把手機扔到床上。

他往椅背一躺，望向占了臥室斜坡牆面的窗戶。窗外的天空幾乎萬里無雲，幾隻高飛的海鷗看上去金橙橙的，像是被夕陽餘暉刷上色彩。這樣的景色，通常會讓他覺得光是活著就很美好。可是今晚例外。

我不該打給她的！這件事不管怎麼演變，媽媽都會受到傷害！

這時手機嗡嗡響起，他連忙飛撲過去。

「拜託，你沒打給你爸的……」

吉兒打斷他的話。「什麼，我爸的律師嗎？班傑明，你以為我那麼笨喔？我打給阿曼達・波吉斯啦！」

她也是名律師，而且班傑明喜歡她的為人。他們在找到但書，也就是船長遺囑的附加條款後，曾和她聊過。可是，她已經涉入這個案子，所以無法插手幫忙。

「我當然什麼都沒跟她說，」吉兒繼續往下講：「只是請她推薦一位擅長房地產領域的好律師，是一位值得我們信賴、而且今晚可以馬上就打電話聯絡的律師。我也表示可以支付諮詢費用。你手邊有筆嗎？」

「嗯……有。」班傑明說。

「他叫哈洛德．喬姆登，波吉斯律師說她會通知對方，所以你打過去，對方就不會以為是哪個小鬼在惡作劇。」她把電話號碼唸給班傑明聽。

然後她說：「所以呢，等我一掛電話，你就打給他。有三件簡單的事要搞清楚：一、問他能不能調閱公共檔案，查出葛林里過去一年到底買了哪些土地？二、那些土地買賣是否確定成交？三、有沒有辦法阻止或延遲買賣成交？你可以直接跟他說我們有充裕的經費可以使用。那些人想惹我們，就讓他們好看。」

班傑明猶豫了一下，然後才說：「這是……我是要說，我們可以……怎麼說呢？這種事合法嗎？」

「我怎麼知道？」她說：「去問律師不就得了！」

這是十分鐘內，吉兒第二次掛他電話。

9 預備、瞄準、撒錢！

第一聲鈴響還沒結束，哈洛德．喬姆登就接起電話，滔滔不絕的講了一分鐘。

「喂，你是班傑明對不對？剛才阿曼達通知我，說你和你的朋友吉兒是玩真的。跟我說是怎麼回事，把來龍去脈全都交代清楚，可以嗎？不會有第三者聽到你跟我說了什麼，絕對不會。現在從頭開始慢慢講，我好做筆記。」

班傑明不知道應該從何講起。「嗯，是這樣的……大概三星期前……怎麼說呢？一開始，有個老工友……不過這件事的重點其實是擺在歐克斯小學……和……」

律師為他解套。他重新擬了開場白，說話的速度也放慢下來。

「小班，聽我說……我可以直接這樣稱呼你嗎？」

「可以。」

「很好。那麼，小班，先想一下你為什麼今晚想打給我，先講這個部分。」

「是這樣的，我媽在做房地產仲介……」

「讓我補充一句，她做得有聲有色，」律師說：「過去十年左右，我處理過十幾件和她有關的案子，她非常專業，真的。還有，像我剛剛提到的，你跟我說的內容不會有第三者知情。」

「好，」班傑明繼續說：「有個名叫吉姆．伯屈的男人找上我媽，說要捧她當主力房地產經紀人，整條海岸幾百戶的公寓新建案都交給她來賣。我知道她很厲害，但也非常確定那傢伙給她這個機會，只是為了阻止**我**去做某件事。」

哈洛德．喬姆登花了點時間思索他說的話。「可以告訴我，他想阻止你做什麼嗎？」

「他們想把歐克斯小學拆了，所以希望阻止我和我的朋友拯救學校，不想讓我們干預大船樂園的興建計畫。我們正在努力不讓那些人得逞，可是被那個傢伙發現了，所以他把一筆鉅款推到我媽面前，想叫我知難而退。」

「你媽並不知道你的救校行動，對吧？」

「對，幾乎沒有什麼人知道。我們一共有五個人，我們是學校守護者。另外，愛居港銀行暨信託公司也有一個人知情。波吉斯律師滿清楚我們在做什麼，可是基於職業道德，她不能和我們討論相關內容。」

「那麼，小班，因為你剛剛提到吉姆・伯屈這號人物，我就把知道的消息和你分享。艾塞克斯郡的房地產律師沒有人不認識這個老奸巨滑的傢伙，大家也很清楚一直以來他在為葛林里集團做什麼勾當。他這種律師狡滑、齷齪，讓我想吐。他們大約一年半前開始出價，每次價碼都喊得很高。」

「所以說……葛林里真的像他和我媽說的那樣，在大張旗鼓的買地嗎？」

「也不盡然。我是不動產職業倫理委員會的成員，伯屈律師提交他第一筆屬意的土地申請時，我們就聽說了。他們不算是真的在買地，他們其實買的是土地**購置權**，就是先付一點錢，保住未來真正買地的權利。他們其實不是土地的持有人，還不是。第一筆交易完成後，我們職業倫理委員會就確定其他所有賣方都得到完善的法律諮詢。也因為有我們，現在，大部分的賣方都能得到解除葛林里土地購置權的方法，比方說，有另一方支付他們更高的金額。」

班傑明洋洋得意了起來，因為律師說的話，他真的聽得懂，而且聽到的消息也很令他滿意。在他印象中讀過的每場戰役，金錢都扮演著舉足輕重的角色，連美國獨立戰爭也不例外。要不是法國人貸款和捐獻來支持殖民地的居民，這場仗可能贏不了。現在，伯屈律師和葛林里集團以為只要撒錢，就能改變這場戰局。

班傑明暗自盤算著：老兄，你猜怎樣？這一招不只有你會，我也會啊！

班傑明用他聽起來最像大人的嗓音說：「那，喬姆登律師，如果你是葛林里集團的人，伯屈律師的房地產交易要是全都突然失敗，你會不會覺得大船樂園這個建案就不值得推動了？」

「完全不值得推動嗎？」律師說：「這倒不至於……不過整個建案肯定就沒那麼吸引人，也沒那麼有賺頭了。葛林里的股東不會想見到這種事發生。」

「到目前為止，葛林里集團在土地購置權上花了多少錢呢？」班傑明問。

「三、四百萬吧。但是土地的總值應該有兩千萬。話說回來，之後他們打算要拆掉購置的住宅和其他建築，興建新的公寓大樓。這麼說的話，兩千萬只是他們預計要投資的初步零頭。」

「是的，先生，」班傑明說：「但是他們得先把整片土地買下來，對吧？那要花兩千萬左右？」

「沒錯。」

「那麼……如果有人想要從葛林里手中奪走土地購置權，需要花多少錢？」

律師咯咯的笑了起來。「小班，那要花很多錢，大概要兩千五百萬，說不定要三千萬呢。小朋友，坦白說，在房地產市場，不會有人挺身而出和葛林里集團掀起競標大戰的，這太……」

「喬姆登律師，如果我能籌到錢，關於這些法律諮詢、書面資料等等，你會怎麼收費？」

「照我平常的計費方式算啊，小班，整個案子前前後後加一加可能要一萬五到兩萬元；況且，我真的不……」

「喬姆登律師，失禮了，我現在必須打幾通電話。不過明天我會打給你，這樣好嗎？這通電話的諮詢費記得要跟我算哦。再見，謝謝啦。」

「小班，晚安。」

律師講話的語氣，像是剛剛對一個三歲小孩解釋他要怎麼騎在猴子背上飛向火星的感覺。

班傑明忍不住笑了。因為假如一切都照他想的那樣走，哈洛德・喬姆登律師明天就會到銀行和亞瑟・萊登先生，也就是掌管鉅額信託基金的人見面。他只希望到時有人在場，能拿相機拍下律師的表情！

班傑明打電話給吉兒，提供她金融戰場的最新情報，同時也使用手機的照相功能幫自己拍了張快照；幾分鐘後，他打給羅伯，又玩了一次自拍。

這兩張照片都超好看的。

10 箭在弦上

星期二早上，韓登太太還沒把辦公室的燈全打開，班傑明、吉兒和羅伯就在校門口等著進來。她按鈕開門，一行人直接前往長廊，就是有根柱子**噹噹響**的那條走廊。

李曼知道這三個小朋友握有通行證，可以提早到校，所以這兩星期的每一天，他那台灰色卡車都會在七點十五分停在裝貨碼頭前。不過，今天李曼可要遲到了。

七點零六分，金太太的普利茅斯老爺車，準時在塞勒姆街和畢勤街的轉角附近拋錨，結果造成交通大打結。這是愛居港幾個月、甚至幾年來最嚴重的塞車情況，馬路雙向的汽車、卡車和校車都塞了四、五條街，往北的交通一路迴堵過了巴克曼法院。這表示即使李曼能把自家卡車從私人車道開出來，無論走哪個方向，都開不上塞勒姆街。

他們必須手腳快一點，因為瓦力肯定隨時會現身。吉兒的背包裡裝了一台全新的「掃描專家九千」，那是個體積小巧但性能強大的裝置，可以偵查所有的無線電訊號，包括無線電攝影機發射的訊號。在學校守護者們對這條走廊的一根特定柱子展現興趣前，必須先確定沒有遭到監視。

吉兒在走廊來回走了一趟，從美術教室走到南面樓梯，然後再原路折返。

「有訊號嗎？」班傑明問她。

「沒有，只有在經過工友工作間時微弱的嗶了一聲。走廊上危機解除。」

「讚啦！」羅伯說。他取出他們新買的相機，快步走向美術教室牆邊數來的第四根柱子，從天花板附近開始一連拍了十幾張快照，一組開閃光燈，另一組沒開。

掃描和拍照的過程只花不到五分鐘。

「好了，」班傑明說：「到二樓去研究學校另一邊牆壁吧。」

吉兒看他的眼神像是在看著一個瘋子。

不過羅伯微笑著說：「好主意，普拉特。」

吉兒這時也搞懂了。「哦，這麼一來，瓦力就會在那裡找到我們啦！走吧！掃描器我也開著。」

「不用開，」羅伯說：「就是要他們看見我們在二樓亂搞呀。」

「不不不，」班傑明說：「能掃的地方都該掃一下。哪裡裝了攝影機或麥克風，我們都該知道，就算現在想故意被人看見。」

「也是啦……好吧，」羅伯讓步了，「只不過，把掃描器用到沒電，也不好吧？」

班傑明發現吉兒為此偷笑了一下，羅伯還是不太習慣坦承自己犯錯。不過幸好……他不常犯錯。

他們才在二樓的北面走廊待了三分鐘左右，就聽見樓梯間傳來重重的摔門聲，接著是跑步上樓的腳步聲。

「各就各位，記得要裝出內疚擔心的樣子喔！」班傑明說。

他們聽見有人踏上樓梯平台。

「就是現在！」班傑明用氣音說。瓦力把門拉開、衝進走廊，發現他們全都一邊嘰哩咕嚕的竊竊私語，一邊把紙、捲尺和相機塞回背包。

瓦力看起來就像個剛跑完馬拉松、身體很差的矮子。他上氣不接下氣，腳步有點不穩，綠色上衣還沾著深色汗漬。

他靠著牆說：「小朋友，一早就很忙哦？看起來真是這樣呢。祝你們玩得開心。找到什麼好玩的嗎？要不要跟叔叔分享啊？」

吉兒盯著他，把背包緊抓在胸前。「先生，我倒是可以分享一件事，那就是你需要好好洗個澡！」

班傑明拉拉她的衣袖。「好了，我們走吧！」

但是吉兒把他甩開。

「先生，我也認為你該開始找下一份工作了。因為搞砸這麼重要的任務，你大概會被**炒魷魚**吧？不過先生，你應該也習慣被**開除**了，對吧？」

班傑明發現吉兒連珠砲講個沒完的同時，瓦力的臉愈漲愈紅。他的小眼睛瞇成兩條線，頭上的深色短髮就像小狗生氣、豎起頸背的毛那樣怒髮衝冠。

羅伯早就按照原訂計畫，一聲不吭的匆匆溜到南面樓梯。他們等會兒會在圖書館會合。

班傑明嘶嘶說著：「吉兒，走了啦！快點，**現在就走！**」

吉兒依舊死命盯著瓦力，對班傑明說：「從這裡走。」

她迎面走向瓦力，班傑明別無選擇，只好跟上。他加快腳步，設法繞到吉兒左手邊，這樣走到北面樓梯時，他就能擋在吉兒和瓦力中間了。瓦力那傢伙的表情真是恐怖到了極點。

他們和他擦身而過、雙方只隔了三十公分；瓦力不發一語，連一根肌肉都沒動。不過吉兒說得真對，他的確該洗個澡了。

他們開始下樓，等走到樓梯平台時，樓上的門打開了，瓦力也跟著下樓。

班傑明想催吉兒走快點，她卻不慌不忙像在沙灘散步似的一派輕鬆，接著又開始說話，音量大到瓦力能聽清楚每一個字。

「班傑明，你知道為什麼我喜歡這間學校嗎？因為它很**乾淨**。我們有**超棒**的工友，你說對不對？我的意思是，掃地是他們的拿手絕活，清廁所也是一把罩。那個新來的啊？你見識過他的本領了嗎？他是個真正的大師，算是日本武士和馬場小丑的綜合體。那個傢伙真是無所不能呢。如果有一天他登上大聯盟，我也不意外，他能在魚市工作……也能在寵物醫院做事，都是些超級髒亂的地方，因為他全身上下都散發著全方位明星工友的氣質嘛！」

後來他們平安抵達圖書館，班傑明這才如釋重負。舒伯特小姐在服務台前辦公，所以吉兒終於閉上嘴。

「你有什麼**毛病**啊？」他嘶聲問她。

她馬上以氣音回嘴：「班傑明，這叫**謀略**。因為昨晚我對瓦勒斯．V．勞伯頓先生做了點研究，查到很有趣的結果，這個傢伙有情緒管理的問題。如果我們能把他惹毛，他的飯碗會保不住，就可以跟大家說再見了！」

她的答覆令班傑明感到意外，因為這正是他昨天早上進教室和導師見面前，對李曼使出的技倆。

所以……現在是怎樣？反正我們都要變成雙手染血的殺人兇手了……乾脆直接往對方的要害捅一刀，是嗎？

他們沿著東牆往凹室走，才一靠近，羅伯就把一根手指伸到唇邊，並高舉一張紙條對著吉兒，上面寫了兩個字：**掃描！**

吉兒點點頭，一手伸進背包。她歪著腦袋聽，因為她那連接信號掃描器的藍芽耳機一直戴著沒拿下來。

過了一會兒，她說：「沒問題了。」

班傑明一面和同伴坐下，一面說：「所以說，你到底查到瓦力的哪些事？」

吉兒揚起一邊眉毛。「超多的。他和李曼不同，高中畢業就沒往上唸，可是在家裡住了一、兩年後，他就加入海軍。透過測驗，上級發掘了他的數理天分，於是上了很多課，成為電信專家，無線電、雷達、衛星，外加各種電腦技能，統統難不倒他，是個聰明絕頂的傢伙。」

「但你不是說，他有情緒管理的問題嗎……？」

「真的有啊，主要的原因是他受不了和蠢材打交道。他之所以會被海軍解職，是因為他想做一項他認為很重要的專案，偏偏長官不讓他做，他就直接找人家理論。」

「然後呢？」羅伯追問。

「後來他回到位於維吉尼亞州夏洛茨維爾的家鄉，和先前認識的一個女孩子結婚，但一年後又離婚了，是同樣的原因，情緒管理問題。她還不得不祭出禁制令，兩個人沒生小孩。」

「你怎麼找到這些的？」班傑明問。

「查地方上的報紙、搜尋公共檔案，一般管道就有啦，凡走過必在網路上留下痕跡，何況他的姓名又很特別。不過，他的犯罪史我倒是花了四十美元才調到的，我刷了我們的信用卡。」

「犯罪史？他有案底喔？」

「他曾被捕過，但沒定罪。被海軍解職之後，他改去恩格頓電腦公司上班。後來因為擅用公司伺服器的空間架設私人網頁，販售特價的露台家具，所以被炒魷魚了。警方提起訴訟，只是之後又撤告。過了差不多一年，他到卡爾頓卡車運輸公司任職，這回因為在週末利用公司的倉庫大開派對而被開除，以非法侵占和毀損私人財產的罪名遭到起訴。不過，他付了兩千元左右的清潔和維修費，對方也就撤告了。在這之後，他到一家名為東岸的物流公司工作，但還是逃不了捲鋪蓋走人的命運，因為他擅自利用公司卡車，把他爸爸位於維吉尼亞農場的木材，運到朋友在馬里蘭州貝塞斯達市的花卉中心，這次他以非法使用私人財產的罪名遭到起訴。雖然後來對方撤告，他還是被解雇了。所以呢，基本上，瓦力是一號狡猾的人物，沒吃牢飯算他走運。」

羅伯說：「既然有這麼多不良紀錄，葛林里又怎麼會雇用他？

這說不通啊！」

「等你看了伊利諾州芝加哥市李維頓私立高中的畢業紀念冊，一切就說得通了。因為瓦力年輕的時候，待過那裡的橄欖球校隊，他擔任中鋒。給你們猜三次，猜他當年把球開給誰？」

「不會吧？」班傑明說：「四分衛是李曼嗎？」

「沒錯，而且他還滿強的喔！在高三那年，他們的校隊殺進全州私校聯賽的決賽。可是，在比賽定生死的最後三分鐘，瓦力朝敵隊球員揮拳，當場被逐出球場。替補上陣的中鋒在關鍵時刻開球，球一晃，李曼漏接，球被敵隊救到。他們輸了比賽，也丟了冠軍，但這兩個人多年來一直維持友誼，只要李曼需要援軍，一定會打給瓦力。喔，對了，你們猜瓦力在高中時的綽號叫什麼？」

「真的假的？」羅伯驚呼：「該不會是**矮冬瓜**吧？」

吉兒微笑著搖頭。「不對，但是很接近。正確答案是消防栓。」

羅伯咧嘴一笑。「帥耶，這更貼切了！」

他們三人靜靜坐著。有好多新的情報要消化。

班傑明很難想像李曼的高中生模樣——高高瘦瘦的四分衛，在球場上叱咤風雲、發號施令；之後朋友被逐出場外，在比賽最後關頭輸了球。這段故事讓這個傢伙多了點人味。班傑明發現他對李曼，應該說對他們兩人感到有點難過；後來又想起自己有任務在身，於是把這小小的同情擺一邊去。這項資訊也讓李曼和瓦力暴露了弱點，這就是情報蒐集的重點……對吧？直接往要害捅一刀……

我大概當不成鐵血士兵吧……但我一定要強硬起來！一定！

「說曹操，曹操到……」羅伯咕噥著，下巴朝門口抬了一下。

班傑明轉頭一看。是瓦力，他還是緊盯他們，還是汗流浹背。

憐憫之心再次湧上班傑明心頭，但他按捺住這個念頭，逼自己把他當成敵人，假裝瓦力除塵拖把的長柄是一把來福槍，上頭還加了把刺刀。

因為現在沒有軟弱的空間，只有強硬、敏銳、正面迎擊，而且得毫不留情。這場戰役已箭在弦上，所以，無論思考或行動都要爭分奪秒……對吧？

沒錯！

班傑明在理智上是這麼想的。

可是在情感上，就沒那麼確定了。

11 二十一世紀的戰士

早上時間七點五十五分敲響上課鐘的同時，羅伯說：「我有東西要給你們，我自己也有一份。」

他朝門口瞄了一眼。瓦力不在視線範圍內。他的手伸進背包，取出三台 iPad。

「我知道這看起來有點太過分，但我買的已經是庫存量最少、價格最便宜的了。不過還是有多付一點錢，買了可以行動上網也有 Wi-Fi 的那一型。而且，我買的行動 Wi-Fi 熱點裝置可以維持大約六小時電力，所以有需要的話，我們還能架設自己的私人網路喔。

我趁你們兩個悠閒漫步回來的空檔，開了新相機的藍芽連線，把我在走廊上拍的柱子照和其他到手的相片統統上傳，這樣就能好好研究一下。我們也都能使用安全的雲端儲存空間，點一下這個叫做『筆記』的應用程式，裡面有些操作指南和使用密碼。這些玩意兒還能拍攝高畫質的照片和影片。不只可以傳簡訊，有需要的話，我們還能開視訊會議。重點是……我知道，這些裝備雖然不是絕對必要，但……這年頭行動通訊很重要嘛，你們說是不是？」

吉兒馬上伸手，羅伯遞給她藍色保護套的 iPad。「好棒喔！」她說：「不過呢，等任務一結束，我們就要把它們賣掉，把錢存回信託帳戶。」

「喔，那是一定要的啦！」羅伯說。

班傑明不得不憋笑。吉兒對於他們需要什麼就採買的心態好像已經相當釋懷。昨晚聽到要花兩千兩百萬元終結葛林里的房地產攻勢，她連眼睛也沒眨一下，羅伯也是。計畫正在推動，今天早上律師要和湯姆．班登與金太太在銀行會面，簽署一些文件。

羅伯遞給他灰色保護套的 iPad。他一掀開，螢幕就亮了，袖珍鍵盤上面寫著：**輸入密碼**。

「密碼是什麼？」他問。

「四個字母，」羅伯用氣音小聲說著：「k、p、r、s，守護者（keepers）的意思。」

「帥耶！」

吉兒皺著眉頭輸入密碼。「可是……我要怎麼跟我媽解釋呢？我們總不能把這些東西留在學校吧？但是帶回家她一定會發現，我很確定。」

班傑明也有同樣的困擾，不過他靈機一動。「直接跟她說實話就好啦，這是愛居港銀行暨信託公司補助金的一部分，用來支持我們的歐克斯小學歷史計畫，你只是先借來用。如果她還有疑問，可以打電話給銀行的萊登先生！」

羅伯咧嘴而笑。「普拉特，這招真妙！」

吉兒臉上也泛起笑容。「沒錯，學校裡如果有人問起這是從哪兒來的，我們也能這麼回答。不過……可以在學校用 iPad 嗎？」

「你在講笑話嗎？」羅伯說：「你應該多讀點地方上的報紙。學校準備要發平板電腦給四到十二年級的每個學生，八成是花葛林里的錢吧！雖然使用時間和使用情況有所限制，但鎮上任何一所學校的小孩都能使用 iPad 啦！」

班傑明開啟了照相應用程式，查起他們拍的柱子照。影像很清晰，他也能隨心所欲的操控螢幕。某天下午他陪媽媽逛伯靈頓購物中心，最後自己在3C用品店玩展示機玩了將近兩小時。至於使用專屬自己的 iPad？是很開心啦，只是……

「我說兩位，」他說：「我們要注意一下使用時間喔。」

「沒錯！」吉兒附和他：「這是工具，不是玩具。所以呢，不准拿來打發時間，也不准下載遊戲或音樂，知道了嗎？」

他們都點點頭，但視線一秒也沒離開過螢幕。

接著羅伯說：「不過可以讓普拉特下載模擬新手賽船系統，好好準備星期六要登場的比賽。他可是需要一切可能的支援呢！」

「哈哈哈，笑死人了。傑瑞特，你才該架設個人網站呢，內容是駕駛樂觀型帆船如何翻船、撞頭，一次到位！」

十分鐘後，導師時間的提醒鐘聲把他們拉回現實。班傑明第一個起身。

「這個嘛，看起來和木頭完全一樣的黃銅柱子到底和保護裝置有什麼關係，我還是搞不懂，而且，每張照片我都研究過了。你們有看出什麼問題嗎？」

「嗯，我剛在看 iPad 書籍應用程式的使用說明，」吉兒說：「等等導師時間再來檢查照片。」

「最好不要，」羅伯說：「你的平板一掏出來，就會有很多人圍觀，然後你就得開始解釋……當然，這只是我個人的想法啦。」他趕緊補上一句：「我相信無論遇到什麼事，你都有辦法搞定。」

班傑明說：「兩位，待會兒見囉。還有，謝啦，傑瑞特，這招超讚的。」

班傑明大可抄截徑走到班上和導師見面，但他偏偏在出了圖書館之後左轉，經過辦公室，再穿過工友工作間旁邊的走廊，和昨天去敲柱子的路線一樣。

中途他沒看見李曼或瓦力，所以能夠從美術教室把第四根柱子仔細觀察一番。完全沒有異樣啊。

他一邊走，一邊數著到美術教室門口的步伐……十三步，以每步一公尺長來計算，每根柱子之間的距離大約四公尺，這個數字看來是沒什麼問題。

他試著想像走廊牆壁的另一面，因為那裡沒有教室擋在工友工作間和美術教室中間。他也知道工作間占的空間沒有多長，雖然美術教室算是一個L型，但肯定沒有向後延伸八、九公尺那麼長……

他這才恍然大悟，覺得自己好笨，居然沒早點想通。因為在美術教室，在L的底部角落有一扇門。

他見過那扇門開了好幾次，見過擺了好多捲大張色紙的灰色金屬置物架，見過一疊疊的畫架，也見過那些架上放著二十款不同的紙張、大塑膠罐裝的蛋彩顏料、一袋袋黏土、一瓶瓶膠水……成排的架子一路排到工友工作間的牆前。

這時他又靈光乍現：牆有兩面嘛！這麼簡單的道理，說出來還嫌蠢呢！牆有兩面，粗柱子也有兩面啊！所以說，從走廊牆壁的另一面，就可以看見第四根柱子的另一面！

班傑明在走去教室和導師見面的路上心跳加速。在接下來的五十七分鐘內，他要用什麼法子再次造訪那間美術用品室呢？

12 偷渡客

「你見到班傑明了嗎？」

放學後，吉兒和羅伯在大門前的階梯碰頭。

他搖搖頭。「上完第六節就沒看見了，他只說放學後不跟我們在圖書館會合。他有沒有傳簡訊給你？」

「沒有。他大概回家了吧，說不定現在已經到家了。你要不要打給他？」

「不了。」羅伯說，接著他又似笑非笑的說：「你那麼擔心，可以自己打啊！」

「傑瑞特，我沒有**擔心**好嗎？大家不是老是說每分每秒都不要浪費嗎？所以我才想說今天下午應該要一起做些什麼，有點進展。就這樣而已。」

羅伯聳了個肩。「他大概跑到遊艇碼頭去乘新船偷偷練習了，這樣星期六才不致於輸得慘兮兮。」

吉兒翻了個白眼。「你們兩個和你們的玩具船，還真是夠了。我要回家了。」

「我也是。」羅伯拇指往大門一扭。「矮冬瓜需要休息一下！」

吉兒回頭瞄了一眼，瓦力正從卡車右側車門窗戶監視著他們。她對他微笑、揮手，還吐了吐舌頭。但是她馬上就反悔了，這麼做不太成熟。

她拾階而下，走到港灣步道時右轉回家，再回頭看，確定羅伯看不見她了，才掏出手機打給班傑明。

但電話直接轉到語音信箱。

班傑明感覺到手機在震動，趕緊按下拒絕接聽鍵。震動聲好像太大了！

他獨自一人坐在暗處，一整天下來決定了什麼、發現了什麼，現在是時候接受它們帶來的後果了。

更重要的是，他決定不把他對美術用品室的想法和吉兒與羅伯分享。他們兩個都比他聰明那麼多，至少他是這麼覺得的。他打算在自己調查清楚以前，一個字都不說。假如真的沒什麼，也完全不用提起。

這當中也有風險，現實可能和他所設想的完全相反，萬一惹上麻煩，怎麼可以拖吉兒和羅伯下水呢？他們還是不要知道的好，這樣連謊話都不用說，也不必擔心在學期結束前的最後一週被退學，或再一次和校長心驚膽跳的面對面。

班傑明在過濾了潛在危險的同時，發現自己老是想著要保護吉兒，於是馬上**把羅伯也加進去**。

他利用導師時間檢查美術用品室的門，鎖住了。雖然書包裡有金先生給的鑰匙，不過不斷試鎖肯定會引人側目。

所以他決定逐步解決難題，先按兵不動，靜待導師時間結束。

第一節美術課開始。

全班在為合唱團成果音樂會做裝飾品，由於他們以典型美國作主題，所以特別需要紅、白、藍色的蛋彩顏料。課才上了十五分鐘，紅色顏料罐就空了一半，班傑明若無其事的拿起罐子，把剩下的顏料倒入大洗手槽的水管。

然後他走去找溫爾頓老師，對她說：「紅色顏料不夠了，要不要我去調一些？」

「那太好了，班傑明。洗手槽上方的架上有盒顏料。」

「沒有，沒有紅色的，我看過了。」這是事實。

溫爾頓老師接下來的作法讓班傑明如願以償。她打開辦公桌的文件抽屜，找到一把鑰匙，再遞給他。「幫我去美術用品室找找看好嗎？蛋彩顏料放在靠裡面的木架上。最好拿兩罐來。謝了！」

所以，這是班傑明第一次參觀用品室，雖然只維持短短不到兩分鐘，他卻完成三件大事。

第一件純粹是證實他的猜測：走廊上的粗木柱**確實**有幾根穿過牆壁、伸進用品室；一共三根，包括拿棒球敲起來噹噹響那根。

他辦的第二件大事，是用手機為用品室的鑰匙照了張清晰的特寫，之後就能拿照片和金先生鑰匙圈上的那串鑰匙比對。

第三件其實是他**故意沒去做**的事。他抱著兩大塑膠罐裝的紅色蛋彩粉末走出美術用品室，但**沒有**把門上鎖。

他希望在課堂上還有機會溜回去，可惜沒能稱心如意。音樂會的裝飾品大多是用大片硬紙板做的，學生把它們攤在每張桌面和地板上，其中也包括靠近美術用品室的區域。

第一節課快結束了，就在班傑明萌生非得找吉兒和羅伯幫忙的念頭時，溫爾頓老師在半空中揮舞一張紙，有事向全班宣布。

「各位同學，聽好了，安靜一下！我這裡有張報名表，要找放學後願意到大禮堂幫忙布置的志工。可以幫忙的，三點十分在這裡會合，好嗎？頂多花半小時。學校還有提供點心和飲料喔！」

許多小朋友自願報名，但班傑明不是其中之一。他的腦海浮現出計畫的雛形，等到今天放學就能一切搞定……現在只差幾個難題需要去克服。

班傑明在星期二這天再見到吉兒和羅伯時，因為沒把計畫告訴他們，總覺得很對不起……但愧疚感也沒強到要冒險讓他們目睹他的計畫失敗。而且，他知道羅伯一定會設法掌控大局。上星期地下祕密通道的事，他就搶著當老大。

等到上完第六節課，他準備將計畫付諸行動，並承擔後果。

瓦力在體育館門外的走廊站崗，但班傑明早就算準這一步了。他是第一個離開體育館的小朋友，而且立刻拔腿就跑。一開始就拔得頭籌，領先瓦力十八公尺；等到走廊擠滿其他小孩，那名手持除塵拖把的矮胖工友更是遠遠落後。

班傑明很確定，瓦力看見他在音樂教室外的第一個走廊分岔口左轉。但瓦力沒看見的是，他馬上鑽進大禮堂，用跑的一路穿過後台，出了遠處的門，然後右轉。他快走的速度幾近於奔跑，從新大樓咻的穿過堤道，溜進舊大樓。瓦力和李曼都沒發現。

這時，他潛入最靠近美術教室（自然也離工友工作間僅咫尺之遙）的男廁。他走進第四個廁所隔間，也就是盡頭貼牆的那間，但是沒關門，而且雙腳踩在馬桶蓋上。這招是他看電影學來的，除非有人直接走到最後一個隔間的前方，否則看起來就像裡面沒人。門懸著開啟，金屬隔板下也沒有腳露出來。

等待是最難熬的部分。他在馬桶上蹲了將近十分鐘，一開始腿和腳會痛，後來就開始發麻。

班傑明感覺校車已經駛離，學校也安靜得多。他聽見溫爾頓老師在約十公尺遠的美術教室門口嚷嚷。

「路克，小心，一次不要拿那麼多東西！珍娜，那個袋子要拿啊……不對，是裝釘書機和繩子的那袋。還有，手不要碰到窗格，油漆還沒乾呢！好，我們走吧。」

等人聲逐漸遠去，他準備從馬桶上爬下來，但沒想到竟聽見瓦力在廁所門外走廊的講話聲。應該說，他是先聽見李曼的聲音，從夾在瓦力衣領上的雙路揚聲器傳出來。

「找到三號了沒？」

班傑明聽見廁所的門被打開了，瓦力拖著腳步走進來。

「沒有。在搜一樓南側。」

瓦力的嗓門好大、好接近。

然後傳來李曼劈哩啪啦的急切答覆。

「趕去東門，我看見一號和二號了！」

班傑明死命的憋氣，一直等到男廁的門吱嘎作響的關上，才敢呼吸。他聽見瓦力的腳步聲匆匆往辦公室那頭前進。

他從馬桶蓋爬下來，兩腿先是僵硬，接著感覺又刺又麻。他盡可能不去管它，把門拉開一點縫：辦公室那頭沒半個人……另一頭也只有兩個四年級生走來。

接下來的十五秒，他拿捏得恰到好處。他溜出男廁，朝美術教室門口邁出十個快步。門沒上鎖。他神不知鬼不覺的踏進教室，急忙跑到L型的底部，再走進同樣也沒上鎖的美術用品室，然後敏捷的從裡面把門反鎖。

他進了房間，但沒把頭頂的燈打開，所以手機響起時，他正坐在黑暗中。

他掏出手機，是吉兒打電話來，不是簡訊。

班傑明想起上星期才發生的插曲，他們倆並肩站在南面樓梯下的暗處，李曼的惡犬離他們咫尺之遠，在牆的另一頭又嗅又扒。吉兒緊抓他的手，握著不放，足足有五分鐘那麼久。

班傑明頓時感到心頭一揪，真希望她人也在這裡……他默默告訴自己，不是要手牽手啦，只是想在黑暗中獲得一點力量。

嗯，幾乎算是黑暗啦，只有門底下透進一點微弱的光。

他按亮手機，查看時間，已經三點十五了，布置小組隨時都會收工，之後他就可以大動作搜查了。手電筒裡裝了一顆新的電池，所以等危機一解除，他就能馬上行動。

他聽見走廊上傳來腳步聲，然後美術教室的門打開。應該是溫爾頓老師回來鎖門了……

「這些小兔崽子走了。」

班傑明嚇得差點手機都掉了，是瓦力的聲音。

「講話注意點！」李曼對他咆哮，班傑明聽見他在美術教室裡走動、清垃圾筒。

「好啦，」雙路揚聲器傳來瓦力嘲諷的答覆：「一號和二號都走了，這樣開心點了吧？」

「還是沒有三號的鬼影子？」

李曼一邊輕聲咕噥，一邊拿除塵拖把到處拖地。

「他應該也走了。」

「你啊，眼睛睜大一點，去打掃三樓吧。」

「是，老大，遵命。」

「給我正經一點！」李曼嗆他。

瓦力沒回話了。

除塵拖把砰的一聲倒在美術用品室門上，李曼開始輕轉門把。班傑明準備雙腳落地、在地上翻滾找掩護，可是門還是牢牢關緊。

接著傳來溫爾頓老師的聲音。

「傑若，你好。不好意思，把這裡搞得這麼亂。不過，很快都要結束了，對吧？隨時都有可能。反正學校也快拆了，就不用麻煩你打掃啦。總之，還是謝謝你啊。」

「不客氣。」李曼說。班傑明可以聽到垃圾推車的滾輪愈滑愈遠。李曼走了。沒過多久，美術教室的燈熄掉，走廊的門也關上，他聽見溫爾頓老師踏著輕快的步伐，沿著堤道走向教職員停車場。

班傑明又掏出手機。有封簡訊他非傳不可。

嗨，媽！待在學校，晚點回去——做歷史報告。大概五點後回家。別擔心。有事就打給我。愛你的班傑明。

四周的校園愈來愈靜，雖然不像凌晨三點那般萬籟俱寂，但也很接近了。

有那麼一會兒，班傑明覺得自己像是躲在一艘老船深處，藏在吃水線下，宛如一個準備在公海探險的偷渡客。

不過根本**不是**那麼回事！他不是偷渡客，而是在執行一項祕密任務，是歐克斯船長特別指派的任務。

這是一場戰爭，有好多正事得做。

13 埋伏

班傑明拿著手電筒把美術用品室的環境照個仔細，他一邊照，一邊記在心裡。

除了門的兩邊，每一面牆都擺滿了置物架，有的是木頭製的，有的是金屬製的。用品室的中央同樣擺滿金屬架。屋裡大部分的架子都清空了，但這不足為奇。歐克斯小學各式各樣的用品和器材都陸陸續續被搬到同一區的其他學校和貯藏地點，為了迎接大規模的拆除行動，過去這一個多月都在持續搬遷。

出入口位於西牆，貼著美術教室，相鄰約七點五公尺遠的東牆則貼著工友工作間，因此班傑明提醒自己務必要保持安靜。

屋裡的南牆是磚頭做的，那面同時也是學校的外牆。這裡和美術教室一樣有四扇寬大的窗戶，只不過這幾扇窗都被封死了，用來漆牆壁的厚重褐色油漆也將玻璃覆蓋掉。

真正重要的是北牆，也就是貼著走廊的那面牆。走廊上那三根柱子，也就是腹肋板，它們清晰可見，位於木架的正上方。

班傑明已經知道中間那根就是走廊角落數過來的第四根，敲起來有黃銅聲。他循著光線仔細檢查，木架上方中央那根柱子，肉眼可見的部分都和其他兩根無異。

不過，班傑明馬上發現北牆那排置物架、也就是蓋住每根柱子底下近兩公尺的置物架有什麼不同之處。和房裡別處架子不一樣的是，這些木架很老舊，和圖書館外牆那溯及一七八〇年代的沉重橡木書架類似。沿著牆壁的長長置物架可以分成五個區塊，四個寬、一個窄。

他覺得自己愈來愈了解約翰·范寧，也就是親手設計、藏匿船長保護裝置的那位船上木匠。沒道理要在寬木架中央擺一組窄木架嘛！約翰·范寧把窄架子擺在那根特別柱子的正前方，肯定是別有用心！

班傑明開始把中央的置物架清空。架上放的多半是繪圖作品和彩色圖畫紙，他把這些箱子輕輕搬到身後的金屬架上。這組置物架的寬度和深度都大約四十五公分，等清空之後，他拿燈近距離照亮架子內部。裡面沒什麼特別的，接縫看起來全都很緊，他輕敲置物架內部，感覺是實心的，完全推不動。

不過，班傑明一把亮光集中在置物架的外圍，臉上不禁泛起笑容。擺滿四面牆的置物架，頂部和底部都鋪了面板；這些從西牆延伸至東牆的面板，**照理說**不應該有任何裂縫，可是的確有。面板在中央架子的上下兩頭，也就是頂部和底部分別有兩處接縫。這表示中央的窄木架是完全獨立的物件，也表示它是可以**移動**的！

班傑明在書包翻了翻，找到一把不鏽鋼尺。他將薄尺的邊邊伸進中央置物架和它左邊架子中間的縫隙。他把尺當作刮鏟，輕輕清掉灰塵、髒汙、乾掉的油漆和硬掉的亮光漆。左手邊的縫隙清乾淨之後，他又開始清右手邊的。

頂部！他腦海閃過這兩個字，於是將置物架正面當梯子，向上踏兩步，把手往後伸，清理牆壁、木柱和這組木架交會的縫隙。置物架頂部布滿厚厚一層灰塵，但是裂縫倒挺好清的。接下來，他在置物架頂層的左右兩邊清理從牆壁向木架正面延伸的縫隙。

他爬下來匍匐在地，開始清木架底層與地板間的接縫。這裡難清多了，與其說他拿尺當刮鏟，倒不如說是當鋸子。最難清除的是老舊地板的亮光漆，而讓工作難上加難的是，他的動作必須非常緩慢，盡可能小聲的刮。

清理完後，他氣喘吁吁，汗水也從前額滴到木頭地板。他的手髒死了，不過，這裡是美術用品室嘛……對了，有一大捲紙巾呀！他撕了一段，往臉上一抹，把紙巾弄溼，再把雙手和胳臂上的髒汙擦掉。

現在來到危險階段了。他很確定這組窄架會動，可以直接往外拉離牆面，也會離開柱子的正面。

一開始，班傑明想辦法站穩腳步。他得讓呼吸回歸正常，心跳緩和下來。

心情平靜之後，他躡手躡腳的走到東牆，也就是面向工友工作間的那面牆，再鑽進兩組金屬架中間的空位，把右耳平貼在上了油漆的灰泥牆屏息聆聽，聽了又聽。

什麼聲音都沒有，除了有點像是冰箱發出的微弱嗡嗡聲，沒有人說話，也沒有半點聲響。

他走回那組窄木架前，把手電筒擱在地上，手臂撐著木架頂層邊緣，再盡可能輕柔的把腿往上伸……它動了！雖然動得不多，但至少讓他知道中央木架沒釘住或栓死在左右兩側大型置物架上。

他受到鼓舞似的再加把勁往上推，木架又退讓了，這回發出滿大的聲音，有點像是拿棍子劃過人行道。

他嚇得不敢動，仔細的聽……再聽……沒有動靜。

他鬆開木架頂層，用雙手的手指鉤住中央架子正面差不多與腰同高的邊緣。

班傑明身子往後傾，不算真的拉，只是往後傾。宛如拉開檔案櫃的抽屜，整組窄架只發出一點刮擦的聲響向他滑過來，那名船上木匠一定在置物架的底部設計了什麼輪子！他驚訝的繼續拉，架子也不斷往前滑，最後完全脫離左右兩邊的木架，離它們的正面整整有三十公分那麼遠。

他感到口乾舌燥，簡直像是恐怖片的場景，有人在鬧鬼的宅邸不小心碰到了什麼，一道密門就此滑開！

他緊抓手電筒，往右邊走幾步，把光源對準架子先前所在的空間。他非得看看柱子的下半部藏起來的部分。

柱子其實**不是**黃銅做的，他一眼就看出來了。

有塊嵌板在橡木中被深色木頭完全包圍，平整的嵌在鑿刻的表面。他讓光源在它的表面轉了那麼一小圈，發現嵌板是黃銅做的。肯定沒錯。

嵌板大約六十公分高，最寬的地方約有三十公分。班傑明目不轉睛的望著它，不自主的發起抖來。

因為嵌板的形狀，像是一具棺材。

14 暗藏玄機

儘管棺材形狀的嵌板看起來不太像是黃銅做的，根據經常逛資源回收場和古董店的經驗，班傑明知道那深褐色的外觀是黃銅錯不了。它那宛如古老水手箱的金屬鑲邊，又像沉甸甸的甲板繫索扣，歷經了太多風吹日曬又疏於拋光。

班傑明湊近一看，用拇指側面輕敲嵌板，它發出微弱的**噹噹響**，和他在走廊上敲柱子另一面的聲音一樣。肯定是黃銅沒錯。

他要自己深呼吸，不要躁進，必須小心謹慎、有條不紊。他先取出手機，使用照相功能拍了許多照片，甚至記得把尺貼在柱子旁顯示比例再拍一照。他希望手上拿的是羅伯早上用的新相機，不過老實說，現在他只需要記錄這項發現，所以手機很實用了。

他把小鏡頭的畫面拉近到極限，對嵌板外圍拍了一連串照片，它的周圍整圈都沾著同樣的黑色黏著物。

班傑明湊近仔細瞧，還聞了聞。好熟悉的氣味……像是松果。這下他明白了！這是松脂，早期造船工人拿來防水用的。約翰·范寧用這黏呼呼的玩意兒，其實是為了封住這個容器！

班傑明在棺材造型的頂角看見兩條金屬絲，可能是銅絲，絲的盡頭捻成一個圈。他拿手電筒再靠近照一下，順著兩條金屬絲走，發現它們後來覆在樹脂之中，真的都埋進樹脂裡了。班傑明幾乎出於本能的用右手食指勾住金屬絲環圈，開始拉，沒想到旋即發出嘶嘶聲，把班傑明嚇得不敢動彈，胳臂上的汗毛都豎了起來。

不過他馬上知道這是怎麼一回事：他剛剛就像扭開了一瓶果汁的拉環，這個容器是真空密封的！

他繼續拉金屬絲，它隨著黃銅嵌板的外圍跑，樹脂的接縫也一路碎裂。少許樹脂跟著鬆脫，落到地上。當整條金屬絲都拔開後，嵌板也鬆了，突然往外一倒！

班傑明差點慌了手腳，左手一掌打在嵌板上，不只是要避免它掉下來發出巨大聲響，也是為了將它固定在原位。不，他不是慌，而是怕，只能用盡全力壓住黃銅嵌板。

因為，萬一這玩意兒真的是……棺材呢？裡面恐怕有什麼死掉的東西吧！人們會為夭折的嬰兒做棺木，這他時有所聞……如果真是這樣，他可承受不了。或者……萬一是歐克斯船長把其中一隻手留在裡面，斷手上握著什麼新訊息？這個容器幾乎什麼都能藏，說不定整顆人頭都在裡面呢！

真古怪，但他有附相機的小手機救了他，使他能保持點距離，好離眼前的景象再遠一步。他依舊把嵌板撐在原位，但放開鬆脫的金屬絲，掏出手機，按下錄影功能。他嘴裡銜著手電筒，瞄準目標，按下錄影鍵，小小的ＬＥＤ燈因而亮起。然後，他眼睛只盯著小螢幕，把左手移到黃銅嵌板的頂端將它一把抓牢，再慢慢挪到地上。它好重哦！

雖然找到下一道重大線索很令人振奮，但班傑明卻難掩些許失望：沒有往外盯著他的木乃伊人頭；也沒有石化的手，在伸向他喉頭的骷髏手指上戴了枚紅寶石戒指。

這個黃銅小棺材裡什麼也沒有，只有一個看起來再普通不過的包裹，像是歐克斯船長捆了一、兩件上衣，然後用粗劣的帆布裹起來，準備送去乾洗店。包裹還歪歪的擺著，由棺材的下半部撐起。

班傑明關掉相機，把手機放回口袋，再拾起包裹。原來不怎麼重嘛……但肯定不只是衣服。他用摸的，感覺裡面有什麼尖尖的東西，可能是木頭或金屬。近距離一看，顯然有人在包裝上下了很多苦心。粗帆布的外角緊緊縫合，包裝紙重疊的部分也有一大顆紅色的封口蠟。

他盡量小心翼翼的把包裹塞進背包，裡頭的大內袋夠深，他拉上拉鍊後，就把背包放在通往美術教室門口的牆邊。

這時忽然傳來一聲巨響，他感覺聲音是從木頭地板傳過來的。低沉的咕噥聲，有兩個男人在講話，是瓦力和李曼！他們人在工友間，就在東牆的另一面，離他不到六公尺。但他們說了什麼，他一個字也聽不懂。

班傑明開始迅速、無聲的掩飾他的行跡，從拾起那條長長的銅絲開始做起，把它圈成一小捲放進柱子內部的空棺。他拿兩張廣告板，一張當畚箕，一張當掃帚，把視線內散落的樹脂小碎塊全掃起來，倒在摺疊的金屬絲上。

黃銅做的棺蓋是個麻煩，少了樹脂，就無法固定回原位，但總不能把它留在置物架後面的地上吧？這樣窄木架沒辦法滑回原處。

金屬絲！

班傑明拿手電筒照向其他置物架，最後找到他要找的東西——金屬大頭釘。

他把兩個大頭釘深深戳進柱子左側，中間隔了三十公分左右的距離，再把另外兩個相稱的大頭釘插進木柱右側。

他把金屬絲拉直，一端圈著右上角的圖釘，然後抬起黃銅蓋，將它固定在原位，把金屬絲往左下角的圖釘拉過去，再緊緊圈牢。接著將金屬絲拉過蓋子，往右下角的圖釘繞，最後再拉回左上角的圖釘。相互交錯的金屬絲就能固定沉重的棺蓋了！

他仍然能聽見隔壁隱約的說話聲，最保險的做法是：先按兵不動，等敵人離開。可是他太興奮了，根本坐不住……況且他胸有成竹，相信自己就算有動作，也不會打草驚蛇。老實說，他要做的只有把窖木架移回原位而已。

他把木架後方的地板又掃了一遍，確定沒有樹脂碎片擋路，然後就定位，力道極輕柔的把這組置物架推回牆壁。就像一艘滑過池塘的獨木舟般，架子緩緩的滾過地板，幾乎沒有半點聲響的滑進兩側的板子之間，然後合而為一。

班傑明迅速的把紙張重新疊回架上原本的位置。他望著先前拿尺清空的縫隙，一手抓起塵土和砂礫，然後朝掌心吐口水，把它們混成汙穢的漿糊，再用拇指將它們塞進空空的裂縫，雖然噁心，但是很管用。接著他用稍早拿的紙巾擦手，也不忘擦拭每道縫隙，再拿手電筒照過，做最後的檢查。現在看來，只有福爾摩斯出馬才查得出他在這裡做過什麼！

隔壁交談的語氣變了，聽起來像在吵架。班傑明又把耳朵貼著東牆，無奈還是聽不出工友間的談話內容。

他想起以前在書上讀過的招數，決定實際演練一番。他掏出手機，找到語音備忘錄的應用程序，那只是個簡單的錄音程式，需要用到手機底部的小麥克風。班傑明輕點錄音按鍵，再把麥克風緊貼著牆，穩穩握著。待會兒回家，他就可以把錄音檔轉存到電腦，調高音量，這樣說不定能把聲音聽得更仔細，得到一些有用的情報。

他暗自得意的想著：我還滿會當間諜的嘛！

他在離這兩位仁兄不到五公尺處偷錄音，而他們絲毫沒……

聲音震耳欲聾，好像有人在他正後方把金屬托盤摔到地上，**噹噹響**、沉甸甸的托盤！是棺蓋！

班傑明猛吸一口氣……

馬上靜下來了，接著他意識到一個恐怖的真相……太安靜了。

工友間的爭執聲停止。

沒過多久，他就聽見叮鈴噹啷的鑰匙聲。

李曼和瓦力到了美術教室門口。

15 對峙

班傑明慌了，他努力按捺住緊張，卻還是慌了，一股熱潮往他臉上湧現。他用顫抖的雙手抓起背包背在身上；他的嘴巴灼燒，嘗到純然恐懼的強烈銅澀味。

腳步聲，又是叮鈴噹啷的鑰匙聲，李曼和瓦力兩人就在這扇門的另一頭！

他掃視房間，小小手電筒的光束瘋狂的從牆上射到天花板，再反彈到地板，彷彿在尋找某個魔法出口。假如他有力氣，肯定會用一大捲厚卡紙砸破窗戶，然後再從碎裂的窗框逃命。

無路可逃。

他們隨時都會找到對的那把鑰匙。

他們會走進來，把燈打開。

無路可逃……除了直接走出那扇門。

那扇門。

那兩個人。

那扇門。

冷靜有如帷幔般的薄霧，頓時從他身上流過。

這種感覺，班傑明再熟悉不過了。

就像在海灣賽船的最後一段航程，得迎接六十公分高的激浪和難纏的側風。船身猛然弓起，水花四濺，帆突然繃緊，要先從船裡往外舀十二公升的水才有辦法轉向，而紅色浮標就在正前方。就在這個節骨眼，他靈光乍現，一切豁然開朗。舵柄要怎麼轉、重心要怎麼移、每次傾斜、低頭、閃躲，全憑直覺；轉瞬間，他抵達浮標，然後把浮標拋在後方。

班傑明毫不遲疑，一把抓住手機，檢查設定，朝門口邁出強而有力的四步，轉動門把，把門推開，對著亮光眨眼。

兩個男人先是怔了一下，往後一跳，班傑明則快步走進美術教室，同時也按下手機的攝錄功能鍵。

李曼的臉綻開一抹燦爛的微笑。

「喲——瓦力，看看是誰來啦？是個**鬼鬼祟祟**的小男孩，放學後被抓到……背包裡塞滿了偷來的美術用品呢！」

「我才沒偷東西！」

「我和瓦力**都**看見啦，就在剛剛，我們聽見聲響跑過來之前，你就把所有的東西從包包裡掏出來。小朋友，**你**這下麻煩大了，事情真的嚴重囉！」

李曼面向瓦力，只見他呆站著，牙齒外露，大臉浮現遲鈍的笑容。「我來好好盯著這位小小偷，你快去找校長來，或許校長該打電話報警呢！」

「這……都是你們自己在講啦！」班傑明氣急敗壞的說。

「沒錯！」李曼說，他的語氣突然嚴厲了起來。「二比一，你認為校長會相信誰說的話？」

就在班傑明絞盡腦汁想要答話的同時，手機響了。他在急著按通話鍵的過程中，差點連手機都摔到地上，幾乎沒時間注視螢幕上來電顯示的名字。

「吉兒！我和瓦力還有李曼在美術教室，他們栽贓我，說我偷東西，還要向校長告狀！」

整個靜悄悄。李曼保持微笑。

「吉兒？你還在嗎？」

「我在。班傑明，把擴音功能打開。」

「李曼先生？勞伯頓先生？你們聽得見嗎？」

李曼馬上拍了瓦力一下，對他搖搖頭，把一根手指擱在唇前。

班傑明說：「他們聽得見，只是不會跟你對話！」

「這樣也好，」她說：「李曼先生，如果你和勞伯頓先生不立刻閃到一邊，讓班傑明離開那裡，就會發生以下這幾件事。首先，我會打給我們的律師，我可不是在唬你們，我們聘請的那位律師打遍天下無敵手。我和律師會準備一份新聞稿，其中包含一切實情，像是你們兩個的真實身分、你們在當誰的爪牙、又做了哪些齷齪事；我們也掌握了詳情，各種關於你們職業經歷和私生活的資訊，包括你那位愛生氣的小朋友有什麼毛病，就是綽號叫消防栓的那位過去十五年來有什麼問題，這個問題，你們兩個八成都沒向學校督導報備吧？否則瓦力想把一隻腳伸進公立學校都很難！」

瓦力瞇起眼，臉漲成亮紅色。班傑明差點要倒彈一步，但還是勉強穩住陣腳。吉兒雖然講得頭頭是道，班傑明卻能聽出來她也很害怕，而且快要詞窮了，不過她還是繼續往下說。

「我們會揭發學校督導的所作所為，像是她雇了兩個外面來的間諜，完全把泰默校長蒙在鼓裡；還有你們兩個其實是領愛居港鎮和葛林里集團的薪水。同時，我們也會發布地下祕密通道附了時間的照片，證明是**我們先**發現那個重要歷史古蹟……還有這項發現是怎麼被葛林里占為己有，用來貪圖一己之利。李曼先生，這份新聞稿連同照片、影片，和其他各式各樣你完全無法想像的資料，將在一個小時內以電子郵件寄送給所有媒體單位……我保證它將成為今晚六點的頭條新聞。李曼先生，這就是你要的嗎？你覺得這會是你老闆要的嗎？李曼先生，我現在之所以跟你對話，是因為我們都知道，你是這裡的老大，我說的對吧？班傑明，如果那個小消防栓敢動你一根汗毛，哼，我就會馬上掛電話報警，這樣等於用另一個方法解決問題。」

瓦力伸手，想把班傑明的手機拍掉，但是李曼跨步攔在兩人中間。高個男的臉孔因憤怒而扭曲。

班傑明說：「吉兒，李曼在考慮了。」

「很好，」她說：「應該的，他應該好好考慮，因為這段對話我都錄音存檔了。班傑明，可以請你幫他們拍兩張照嗎？」

「早就拍了！」

班傑明不斷轉動手機側面，不讓兩個男人偷看，這個節骨眼似乎不是揭露他一直在錄影的好時機。

「太好了，」吉兒說：「那記好囉，班傑明，現在時間是六月二日星期二下午三點四十七分整，這麼做是以防那兩個男的**碰**你，因為麻州對危害兒童的人會祭出非常嚴格的法律。班傑明，其實呢，我覺得你只要從傑若德．F．李曼和瓦勒斯．V．勞伯頓先生的身邊繞過去，然後直接走出歐克斯小學，一切都不會有問題的。準備好了嗎？」

「準備好了。」班傑明說。

他朝窗戶邁出一步，瓦力見狀往左一撲，好像打算攔截他。不過李曼出手制止他，而且這回是直接抓住他的雙臂。

班傑明繼續走。

「我繞過他們身邊了，李曼抓住瓦力……現在我到走廊了！」

吉兒嚷著：「**快跑啊！**」

其實根本不用吉兒提醒，班傑明早就溜到堤道的一半遠了。

他在四秒內衝出學校側門，迎接陽光的洗禮，沿路跑呀跑的，直到他位於胡桃街的自家後門才停下腳步。

16 緊急會議

「班傑明，這已經**不是**第一次了，乾脆從現在起，**什麼事**你都一個人去做，自己衝衝衝好了！」

班傑明認為，用「嗆」來形容吉兒的口吻，實在太過客氣了。她講話的語氣比較像是廚房裡把垃圾攪碎、沖進水管的機器在咆哮……或像是他被人拖著走、門牙刮過人行道時發出的聲音。

現在是星期二晚上七點半左右，他們在他位於閣樓的臥室召開守護者緊急會議。他向媽媽解釋，他們要做一項特別的報告，而這顯然不是謊話。

班傑明目光低垂的坐著，他沒有回嘴，也不為自己辯駁。因為這麼一來，他就得承認幾乎一直以來，他始終覺得她和羅伯比他聰明、比他機靈……什麼都比他行。他覺得，如果只面對**她一個人**，他很可能直接就表露心聲了。

但要當著羅伯的面說？門都沒有！

羅伯總得說些什麼吧……他也無言太久了。

吉兒又補一槍說：「這實在太……太幼稚了！」

班傑明說：「對，我知道……對不起。」

羅伯說：「我們開心點嘛！我的意思是，他確實有點**收穫**啊！這點可別忽略了……」

吉兒對羅伯掃視的那種眼神，應該是專門對付叛徒或是承認殺死小貓的兇手。

「所以，只要有**收穫**，其他都不用顧了，是不是？喂，你們可別忘了我得把一大堆我們的祕密倒給敵人，才能把班傑明弄出那裡耶！現在李曼掌握的情報比我們多更多，這也表示他的軍團正在絞盡腦汁，準備封鎖我電話裡說要採取的所有行動！」

吉兒說的這些，班傑明都能理解……但這也完美印證了他一直以來存在的想法：她有本事在這件事中預見根本沒在他身上發生的層層機關心計……雖然大部分都沒發生。

令他慶幸的是，羅伯還真是情義相挺；而且，他實在不想在團隊中製造更多口角。

「說真的，」班傑明馬上接著說：「我發誓不會再擅自脫隊和單獨行動了。我發誓。不過話說回來……你們真的得欣賞一下這支影片，看吉兒把那兩個男的大卸八塊時，他們臉上是什麼表情，真是**有夠猛的！**」

這句話一說出口，班傑明就在吉兒的嘴邊看見他最愛的淺淺笑容……在發覺機關心計這方面，其實他還挺有一套的，這也算是某些機關心計啦。

「沒錯，我等不及要看了，」羅伯說：「可是現在應該先處理**那個**。」他邊說邊指向班傑明桌上的包裹。

班傑明打開書桌抽屜，拿出一把小剪刀，把它遞給吉兒。

「吉兒，你是拆封的最佳人選……我和羅伯可以在旁邊拍照。由我來錄影；羅伯，你就用新相機拍一些高解析度的定格照片，可以嗎？」

班傑明把桌燈的燈臂移到包裹正上方，再把光調到最亮。

「要把封印拍清楚一點，然後給兩頭的針腳和信封蓋口來個特寫。」班傑明說。

「不要漏了信封的材質，」吉兒說：「是帆布做的，對吧？」

「對。」羅伯說。他已經咔嚓咔嚓的拍起照了。「縫線的老兄手藝真精良呢！」

「縫線的**老兄**？」吉兒說：「你覺得這是**男人**縫的？」

「這還用說嗎？」班傑明說：「歐克斯船長的那個年代，每位水手都是針線高手，這是他們工作的一部分。」

吉兒手拿剪刀，開開合合了好幾次。

「那……該怎麼拆這玩意兒好呢？」

班傑明說：「把右側每個針腳剪掉，從那頭拆封，如何？這樣能把破壞降到最低。你們說呢？」

「我覺得不賴，」羅伯說：「把它扯開吧！」

「**不用**扯啦，」吉兒說：「完全不用。」

她開始動手，但馬上發覺其實不用剪掉每個針腳。她每隔四、五處剪一刀，然後直接抽出那條沉重的線。

班傑明用手機的照相功能完整記錄拆包裹的過程，其中有一、兩次把鏡頭拉遠，讓吉兒的臉也能入鏡。每當她專心做什麼事，就會皺起鼻頭。

她只花了比三分鐘多一點的時間，就把一側拆開了；接下來該做什麼，吉兒不用別人提醒。她把層層帆布掀開，班傑明則將桌燈對準，照亮信封內部。

帆布信封裡有個小包裹，用咖啡色的東西包著。

「羅伯，幫我抓著左側。」吉兒說。

她兩手伸進開口的那一側，往外一拉，內袋就滑到桌面。它看起來和外包裝很像，唯一的不同是信封蓋口，用四大顆紅色封口蠟密封著。

「嗯……應該是皮製的，你們覺得呢？」羅伯說。

「對，」班傑明說：「好像很容易碎。喂！你們看！」

他拿著相機靠近，但馬上把它擺到一邊。包裝蓋口有一句題詞和某種標誌，墨水深深嵌入皮革，宛如某種古老的刺青。

羅伯高聲唸出題詞：

切莫開封

交給離你最近的

總會長

「這個標誌？我在哪裡看過耶！」羅伯說。

「我也看過，」吉兒說：「這是共濟會的標誌。」

「共濟會？」班傑明想了一下。「是國慶日遊行時頭戴怪帽、開卡丁車趴趴走的那些人嗎？」

「不是，」她說：「那些是慈壇社的社員。不過共濟會和慈壇社是會友，而且都會用老派的標誌。」

「所以說，我們費盡了千辛萬苦，還是沒辦法把它拆開囉？」羅伯問。

「這個嘛……」班傑明說：「如果要完全依照歐克斯船長的指令，就不能拆……我覺得呢，還是照規矩來比較好。我們要相信他自有安排。不管那指的是什麼，他的確說了『切莫開封』，也說要交給離我們最近的總會長。」

「我知道那是什麼意思，」吉兒說：「愛居港華盛頓街上就有一個共濟會的會所，每個會所都有一個總會長。但如果要完全遵照船長的指示，可能會遇上麻煩。」

「怎麼說？」羅伯問她。

「因為那個會所的總會長是我爸。」

17 不祥的預感

星期二晚間的守護者緊急會議，接續在星期三的一早召開，只是把陣地轉移到學校圖書館。會議中，羅伯不太高興。

「我不懂你為什麼不直接打給你爸，就跟他說有個署名要給總會長的快遞包裹，而且一定要馬上拆封嘛……說不定他會要你幫他開，再轉達裡面的內容啊。因為我們快沒時間了，總不能讓一切停擺，等他回鎮上才採取行動吧？」

吉兒搖搖頭。「還是得等……他星期五就回來了。把我爸扯進來已經夠糟了，如果還要透過電話談這件事，我覺得更不妥，他會覺得我比他想像中的還要瘋。」

「吉兒說得對，」班傑明說：「必須由她爸親自開封，就是這麼回事。所以說，這兩天我們得找其他事做了。」

「是嗎？比方說哪些？」羅伯嗤之以鼻。「如果船長的愚蠢小規矩每一項我們都要奉為聖旨，那在搞定這道線索前，我們根本不能找下個保護裝置，對吧？」

「應該說……」班傑明慢吞吞的說：「我們起碼可以開始思考下一道線索嘛，總不會連動一動腦筋都不可以吧？」然後他又補充說：「如果其他一切都行不通，我們還可以好好上課；為最後一次段考念念書；把期末的作業和報告統統做完，畢竟這是學校嘛！再說，如果我們沒那麼積極，李曼和瓦力或許會有安心的錯覺，搞不好會開始偷懶呢！這招也許不錯哦！」

吉兒說：「說到那對龍兄鼠弟，你們有沒有發現他們今天早上怪怪的？只有超早到校這點是正常的。我的意思是，昨天班傑明不是在美術教室跟他們大攤牌了嗎？所以我原本以為他們今天會出什麼招才對，我在電話中超兇的啊，還以為今天最起碼會看見他們發飆呢，特別是瓦力。可是，他們兩個居然無動於衷，連眉頭都沒皺一下，也幾乎沒偷瞄我們。你們瞧，」她指向圖書館門口，「根本沒人監視我們。你們不覺得很怪嗎？」

羅伯翻了個白眼。「一開始被跟蹤時大驚小怪，現在人家不纏你了，又開始窮緊張？」

吉兒瞇起眼，然後慢條斯理的把話一字一句說出口：「傑瑞特先生，我要說的是，敵人突然改變作戰方針了，我們應該要多加留意，內情恐怕並不單純。」

羅伯從桌前起身，模仿她剛剛講話的方式說：「艾克頓小姐，我要說的是，你要怎麼留意那兩個呆子是你家的事，我要走了，要為每科都拿九十分努力。祝你有個**愉快的**一天。」

吉兒把嘴唇抿得好緊，直到羅伯完全離開圖書館才放鬆，然後又飆了兩個字：「**笨蛋！**」

班傑明不想為羅伯護航，卻發現自己也不想勸吉兒冷靜。他不想討論吉兒口中反常的李曼和瓦力，也不想討論下一個保護裝置的線索，他什麼都不想討論。

其實他真正想做的只有一件事，而且簡單得很，就是航海。

可是現在沒辦法，要等到星期六。

「吉兒，我跟你說，我要早點進教室，在導師時間開始前把功課寫一寫。待會兒見，好嗎？」

「喔，好。」

目送他離開，她好像滿開心的。

班傑明一到圖書館門外的走廊，就習慣性的左右張望。沒看到李曼，也沒見到瓦力。

他走向學校正面，直到能將辦公室旁那條長廊一覽無遺時就停下腳步。視線範圍內同樣沒看到那兩個男的。

沒有李曼，也沒有瓦力。

他步履輕快的朝教室邁進，準備和導師見面，但也不忘在經過通往新大樓的走道時往右瞄一眼。一個人影也沒有。

等他拐過轉角，把整條南面走廊盡收眼底，還是不見那兩個男人的蹤影。

可是卻聽到些什麼。那兩個男的……在笑。

他沿著走廊步行，快要走到工友工作間的時候，故意蹲下來假裝綁鞋帶。

「就是說嘛，」他聽見李曼這麼說：「那場比賽真精彩！後來我們大家跑去東法耶特街的小餐廳續攤，點了**辣死人**的紅椒！還真是讓人**忘不了**啊！」

瓦力又放聲大笑，接著試圖想起他們共同認識的一個女生叫什麼名字。

班傑明站直身子，躡手躡腳的往美術教室走。

他一進教室坐下，溫爾頓老師就看見他了。

「班傑明，早安。你今天比較早到喔。」

「對啊，我想先檢查一下功課。」

他取出一本筆記本，把它翻開，卻把眼前的紙當作空氣，腦袋裡只有剛才吉兒說過的話。

李曼和瓦力明知今天早上三個守護者都在校園，卻沒有跟蹤他們任何一個，好像完全不在乎似的。

班傑明對軍事戰略了解很少，但敵軍會在戰爭中鬆懈，主要原因其實只有兩個。

第一個原因再清楚不過了。假如指揮官掌握明確的證據，得知不可能打贏這場仗，就該停止派遣大軍和投注資源。不見得一定要撤兵或投降，但至少不會再叫部隊往前衝。

這是一種可能，但適用於眼前的處境嗎？葛林里說什麼都不會放棄這場仗，可是李曼和瓦力突然表現得滿不在乎，就像吉兒說的那樣。

第二個退讓的原因，光是用想的就令人毛骨悚然，班傑明不禁用舌頭去舔門牙內側。

因為軍隊的指揮官有時掌握了一些特殊情報，也許握有什麼祕密武器，或得知攻勢強勁的大軍將要前來支援，或大規模的空襲即將到來，或甚至知道氣候有什麼極端的變化；無論這項特殊情報是什麼，都讓指揮官預感勝券在握。

如果基於一些**新的**局勢，你肯定自己穩操勝算，那鬆懈下來靜觀其變也很合理。

班傑明有種不祥的預感。有**什麼事**要發生了，還是件大事。

而李曼和瓦力知道那是什麼事。

18 兄弟間的盟約

直到星期五下午，學校守護者們皆無異議的認為這兩個葛林里集團的爪牙，表面上已不再監視他們，而且似乎很享受全職學校工友的生活。雖然學校大樓並沒有因為這個突如其來的轉變而乾淨起來，但這幾位小朋友確實在行動上體驗到更多自由。

班傑明在星期三一早發現李曼和瓦力變得鬆懈，就發了封簡訊給吉兒。

李、瓦的事你說對了。

他們誰都沒跟蹤。

當中一定有鬼。等會兒聊。

當他們三個在星期三的午餐時間碰頭時，班傑明就趁機發表他的理論：基本上，李曼和瓦力知道有事要發生，而學校守護者不管之前做了什麼、沒做什麼，都將不算什麼。

羅伯說：「但你怎麼知道這不是讓我們卸下心防的伎倆？」

這問題問得好，但他們在星期三放學後交換意見，結果還是沒人被跟蹤或監視，一整天連一次都沒有。

儘管如此，到了星期四，羅伯仍然拿著他們的掃描裝置檢查全校，只為了確定瓦力沒有加裝什麼超隱密的監測系統。還真的沒裝，整座校園都沒偵測到訊號。

之後到了星期五的午餐時間，三位學校守護者一同起身，當著葛林里手下的面，正大光明的走出餐廳。如果換作是幾天前，這個舉動可會造成一團混亂，沒想到李曼和瓦力好像一點興趣也沒有，甚至似乎覺得有點可笑。

班傑明真心希望第三項保護裝置的事能趕快塵埃落定，畢竟現在這麼自由，要找第四項保護裝置將會易如反掌。

班傑明愈來愈擔心葛林里集團在醞釀什麼詭計，就像定時炸彈一樣滴答作響。

不過目前他設法把這些疑慮擺到一邊。他和吉兒還有羅伯現在站在共濟會會所停車場旁的楓樹樹蔭下，而湯姆．班登正準時踏出計程車門外。班傑明發現湯姆今天沒用助行器，只拄了根堅固的鋁製枴杖。

「港灣之光會所」位於華盛頓街上，是棟四四方方、兩層樓的磚頭房，離歐克斯小學不到八百公尺。有個小招牌面向停車場，上頭展示的標誌和印在班傑明背包裡那個皮革包裹上的一樣。他從網路上查到這個標誌叫作「方矩和圓規」，是石匠在工作中會使用的兩種工具。

他們走向階梯，湯姆說：「小朋友，你們好啊，看來人都到齊了。大家準備好了沒？」

「好幾天前就準備好啦！」羅伯說。

「那好。咱們上吧！」他按下大門旁對講機的按鈕。

三秒過後，傳來一個人聲：「湯姆你好，歡迎你來！我馬上下樓，請先在大廳坐一下。」

大門唧唧叫了一聲，湯姆把門推開。

湯姆選了張靠近內門的椅子坐下，班傑明則和吉兒與羅伯一同坐在靠牆的紅色軟墊長椅上。他覺得這裡聞起來好怪，夾雜著男人的古龍水、炊煙和陳舊地板蠟的味道。

湯姆邀約見面的過程很順利。他星期五一早打給吉兒的爸爸，說受朋友所託，要帶一個看起來很重要的包裹給愛居港會所的總會長。他們約好在三點四十五分碰面，只是湯姆沒提到他會把三個小朋友也帶來，班傑明不曉得這會不會造成問題。

他悄悄問吉兒：「你有沒有來過這裡？」

「班傑明，這個俱樂部只收男性會員，沒有把女兒帶來會所這種事啦。」

「僅限男性？」羅伯說：「真的假的？這麼老古板。」

「是啊，共濟會的歷史真的非常悠久，」吉兒說：「你上網查一查，一定會大開眼界。」

「那你爸怎麼會對這個有興趣啊？」班傑明問。

她聳聳肩。「會員都是這附近的人，所以大概有一部分是為了做生意吧，就是攏絡人際關係之類的。不過他們也做社區服務，像是為慈善團體募款。我讀過的資料顯示，除了只收男生這部分，其他並沒什麼特別奇怪的地方。」

門後傳來腳步聲，湯姆隨即起身。吉兒的爸爸進門了，他走向前和訪客握手。

「艾克頓先生，謝謝你在這麼倉促之下答應見我。」

「叫我卡爾就好了，很高興你打給我。一聽有人要帶給我一個神祕包裹，我實在無法推辭呀。那麼……」

他發現了小孩，再定睛一看，見到自己的女兒，到了嘴邊的話嘎然而止。

「**小吉？**乖女兒，你……你來這裡幹嘛？」

「爹地，這說來話長。有沒有可以讓大家好好坐下的地方？」

「呃……當然有。我們進會議室好了。」

他們跟著他穿過門口，經過一條寬敞的木製階梯。一條緞製的紅色圍繩圍住樓梯，班傑明猜測樓上是會員開會的地方。

他們進入的房間，看起來和班傑明想像中的不太一樣。裡面有張圓木桌，桌子周圍有八張普通的椅子，其中一面牆擺滿書架，另一面掛了四、五張有關慈善活動的海報。房裡只有一扇窗，窗戶雖大，窗格卻鋪了彩色玻璃，藍色和金色交替著。艾克頓先生坐的位子面西，使得他的臉有時看起來略黃，有時又帶藍色，很像一張古老的相片。

他身子前傾，用手肘做支撐，十指交錯。「那麼，」他一邊說，一邊對桌前的訪客微笑，「請說說你們來這裡的原因，就算說來話長，也請開始解釋吧。」

班傑明說：「這件事其實可以追溯到一七〇〇年歐克斯船長那個年代。你很清楚他留下了遺囑，希望他蓋的樓房永遠作為學校的用途，但是後來鎮民決定向他的繼承人買下產權，然後全部轉賣給葛林里集團。這個嘛，為了避免發生這種事，船長早就計畫好了。他將某些東西藏在學校，稱之為保護裝置，希望有朝一日能用它們來保衛校園，把校園留給鎮上的孩子和家庭。」

艾克頓先生舉起右手的食指。「那麼，你們幾個小朋友和這件事有什麼關係？」

班傑明從金先生給他的金幣開始娓娓道來，解釋金幣之謎是怎麼帶他們找到那把鐵製大鑰匙和刻了指示的銅牌，那段莊嚴的誓言又是怎麼使他們成為學校的新任守護者。遺囑但書和他們找到的金幣銀幣，他也一五一十的交代。班傑明提到每項物品時，羅伯和吉兒也不忘用 iPad 展示照片。

班傑明解釋地下祕密通道真正被發現的經過時，艾克頓先生目不轉睛的看著吉兒和兩個男孩。

「你是說，為了找這些東西，你們一直**私闖**學校囉？」

「爹地，我們有鑰匙啊，金先生在過世前把他那整串鑰匙交給班傑明。而且說實話，根據一份新的但書，學校和校園周邊的土地，其實全歸守護者所有。既然歸我們所有，就不算私闖吧？」

他眉頭緊蹙。「但書是這麼說的嗎？」

班傑明插了嘴。「只要上法院提送但書，就形同得到所有權。」

「這樣啊，」他說：「警方會不會這麼想，就很難講了。請繼續，還有什麼？」

班傑明開始揭穿李曼先生為葛林里工作的真實身分，以及他假借工友之名行監視他們的事；但一說到這裡，吉兒的爸爸馬上舉起指頭。「這個叫李曼的傢伙**監視**你們？什麼意思？」

班傑明說：「他是專業的商業間諜，所以各種電子設備應有盡有。他被安插在學校，是為了確保在最後倒數階段，在葛林里拆校之前，不會出亂子壞了他們的好事。他一直在跟蹤我們，而且範圍不僅止於學校周邊。他知道我們每個人住在哪裡，有次甚至還在深夜打電話給我媽。」

艾克頓先生差點整個人都從椅子上跳起來。「這實在是**太過分**了！我不管這傢伙是做什麼討生活的，哪個成年人只要敢到處跟蹤我的女兒，就是想在鼻子上挨一拳，想接到我律師的電話，還有想讓警察局長問候他！」

「爹地，我們也沒什麼危險啦，」吉兒說：「他只是必須知道我們人在哪兒，這樣才能確定我們沒在搜查校園。」

羅伯說：「是啊，因為李曼沒過多久就發現我們在找東西了，只是直到現在，他還是不曉得我們在找什麼。再說，地下祕密通道的事真的把他們嚇到了，只要有一個閃失，整棟樓房就會為歷史上的重要地標。所以，他只能盡量時時刻刻緊盯我們不放。他掌握我們的課表，又知道我們的住址，走到哪兒都能看到他。這星期他還找了個幫手，一個名叫瓦力的傢伙，同樣假扮成工友。」

「這個嘛，我不管那些人認為他們必須做什麼，」艾克頓先生咆哮著說：「在鎮上跟蹤孩子，實在太過分了！」

班傑明說：「其實啊，還不只這樣，因為葛林里集團的人會不斷提供李曼關於我們的情報。比方說，如果今天會議結束，你明天就把最近買的葛林里股份賣掉，那李曼馬上會知道事有蹊蹺，然後敵方會猜到你知道了什麼重要的情報，而這也是事實。所以，說真的，你不能賣掉那些股票，就算……」

「慢著，等一下！」艾克頓先生的臉漲得通紅。「你們怎麼知道我買賣股票的事？」

「有一天在學校圖書館，李曼跑來對我和吉兒說的，他想讓吉兒對於試圖阻止興建主題樂園而難過，因為這樣會害你賠錢。」

吉兒的爸爸摸一摸下巴。「我不喜歡李曼這傢伙和他的那些老闆。不過投資的事真的被他們說中了，如果葛林里主題公園的建案沒通過，實在難以估計他們的股票市值會跌多少。」

「是這樣的，」班傑明說：「如果你因為保留股票而損失任何金錢，我們保證會全額補償。」

班傑明說完瞥向吉兒、羅伯和湯姆，他們全都點點頭。

艾克頓先生露出慈父般的笑容。「你們這麼說真是慷慨，可是我們在談的可是好幾千美元，甚至高達一萬或一萬五。不用了，我是個大人，況且，股票賠錢在抵稅的時候還滿好用的。」

「爹地，你不用那麼清高啦！歐克斯船長在愛居港銀行暨信託公司留了一筆基金，只要以保全學校為目的，守護者把錢花在哪裡都可以，好比說補償你不賣股票的損失。」

艾克頓先生身子往前一傾。「基金？你們指的是錢嗎？」

「是信託基金，」班傑明說：「歐克斯船長成立的，從一七九一年起就交由銀行託管到現在。」

「那……這筆基金一共有多少錢？」

吉兒說：「大概八千八百萬。」

她爸爸立刻挺直腰桿。「不會吧！真的假的？是**美元**嗎？八千八百萬？」

吉兒點點頭。「只要以保衛學校為用途，我們需要多少，就能用多少。」

一想到那一大筆錢，他臉上就浮現一抹燦爛的笑容，但隨後便突然皺起眉頭。「只是我不懂，我怎麼也扯進這個……這個謎團。」

班傑明說：「艾克頓先生，我們只是按照歐克斯船長遺留的指令走。」他彎下腰，從背包取出那個皮革封套，然後往桌子另一頭推過去。「這是藏在校園裡被我們找到的第三項保護裝置，也就是湯姆說要帶來的包裹，是署名要給你的。到目前為止，我們也只知道這麼多。」

「署名要給我？」他讀起用墨水寫的題詞。「啊……我懂你的意思了！」艾克頓先生面帶微笑，緩緩點頭。「我開始覺得歐克斯船長是個很了不起的人物了。一塊兒來瞧瞧他想傳達什麼吧。」

羅伯和班傑明拿出他們的相機，但艾克頓先生說：「小朋友，不好意思，請勿拍照，這是會所的規定。」

他大剌剌的拿了包裹，往蓋口底下伸進兩根指頭，只花大概兩秒的時間，就把四顆紅色封口蠟掰開。一掀開蓋口，僵硬的皮革即啪的一聲裂為碎片。班傑明的臉抽搐了一下，眼睜睜的看著這麼重要、這麼古老的手工藝品被當作郵購包裹被拆開，但這也不是他能控制的事。

皮袋裡的內容物被某種深藍色的布包裹著……起初，班傑明還以為那塊布是一面旗子呢！

艾克頓先生把布拆開來。「這是用絲做的，顏色也應該是特別挑選過的。」

絲巾上沒有封蠟，所以吉兒的爸爸直接把這塊薄布攤開。班傑明發現自己期待看見什麼寶物……如果是鑽石，那該有多好啊！

「嗯……裡面有三樣東西。」艾克頓先生說。

它們同樣被彩色的絲綢裹著，分別是緋紅色、綠色和白色絲巾。緋紅色絲巾包著的東西看起來鼓鼓的，他第一個拆開。

「啊，」艾克頓先生說：「是把小鏟子！」

班傑明覺得它看起來像把盛派的鏟刀，只不過好像是用純金做的。班傑明腦筋動得很快，把它和拿石匠做隱喻的共濟會聯想在一塊兒。他曾在爺爺位於緬因州的小屋後方看過工人用那樣的工具抹水泥、建石牆，但是這把鏟子顯然從沒用來砌磚石。

艾克頓先生把它舉高，就著一片黃光瞇眼睛看。「我唸給你們聽：『致我親愛的兄弟與戰友——可敬的鄧肯．歐克斯。』而且署名是『喬治．華盛頓』！這……我手上握著的……是歷史真蹟！」

羅伯低聲說：「快點打開那個綠色小包裹……我是說，**麻煩**你打開它。」

艾克頓先生臉上堆滿笑容。他把小鏟子放回緋紅色的絲巾上，伸手拿綠色小包裹。

他展開絲巾，吉兒率先反應。

「好漂亮喔！」

她說得沒錯。這是一個圓形紅寶石，有二十五分硬幣那麼大，嵌在一枚旭日型胸針的中央。寶石上方連著一只寬金環，上面鑲了三顆光彩奪目的鑽石，而金環上又繫了一條綠色絲帶，和包裹的絲巾同色。

艾克頓先生旋即起身，走到湯姆·班登座椅後方的書架，從那裡取出了一本書。

「這些我聽說過，但從未親眼見過，至少沒見過真品。」

他翻到索引頁，然後匆匆翻到接近書本三分之一的某一頁。他高舉書本，讓每個人都能看見一張彩色照片，照片裡的東西幾乎和桌上那件寶石一模一樣。他朗讀著照片說明。

「『這枚繫在綠色頸圈的紅寶石旭日型胸針，源自於十八世紀初期的蘇格蘭，是頒發給一位兄弟的榮譽勳章，以表揚他保衛並復興世上美好良善的本性。』很了不起，對吧？我猜這是顆二十克拉的紅寶石，八成值很多錢！」

「爹地，拆最後一個吧。」

班傑明猜想是艾克頓先生對寶石市值流露出興趣令吉兒有點難為情；不過他倒覺得這是人之常情，畢竟這是一場尋寶大作戰。

不過，最後一樣東西馬上為班傑明潑了一桶冷水。白絲巾拆開後，只見一張三角形的淺色皮革，它有粗黑色的滾邊，上頭還畫了兩個標誌或圖案。皮革的兩角繫著紅色的細繩，讓班傑明聯想到信號旗。

可是，這玩意兒遠比之前那兩個更令艾克頓先生興奮。

「你們**相信**嗎？這真的……**太棒了！**太棒了！」

湯姆．班登說：「家父也是共濟會會員，我有張他穿著這玩意兒的照片。這是典禮穿的圍裙，對吧？」

「一點都沒錯，」艾克頓先生說。

班傑明屈身向前看個仔細，不得不承認這東西的設計還挺酷的。縫紉和刺繡都很精美，上頭還有各式各樣的小旗子、標誌和形狀，甚至也繪製了動物，最上頭還有一隻雙頭老鷹。圖畫上看起來嵌了些小珍珠，說不定還鑲了點鑽石和金箔。

艾克特先生說：「我知道這對你們來說沒什麼意義，但它讓我明白歐克斯船長是名三十二級的共濟會會員，這個位子在他那個年代比現在更了不起。這一切聽起來可能有點奇怪，或許還有點愚蠢，不過這根本沒什麼神祕的。共濟會會所真的只是一群人不斷互相督促，要彼此努力再努力、好還要更好的地方。如果同會所的兄弟一直投票給你，讓你升級，最後把你推向最高階的第三十二級，就表示他們全都認同你在他們所考量的各方面都很出類拔萃。所以說，我要向歐克斯船長致敬！還有，這條圍裙的手藝真是巧奪天工，拿到拍賣網站肯定能賣個好價錢！」

他輕輕拎起圍裙上方兩角，在此同時，班傑明發現有個東西掉到地上，是一張羊皮紙，長、寬各約十五公分的完美方形，上頭還寫了些字。

羅伯將它撿起來，但是沒看上面寫什麼，就直接遞給吉兒的爸爸，並對他說：「這是給你的。」

班傑明注視艾克頓先生讀著訊息的雙眼。他的嘴唇微微抽動，接著高聲朗讀出來。

親愛的兄弟：

我信賴的朋友為你帶來這些禮物，是我受人尊重的象徵。

請在你能力範圍內，提供他們所需的一切協助。

感激不盡。

鄧肯・歐克斯船長　敬上

他們靜默了好久。艾克頓先生雖然沒有淚眼汪汪之類的反應，但班傑明看得出來他深受感動。

羅伯打破沉默。

「是這樣的，我聽了關於級數的長篇大論，也很喜歡他送你的那些別緻禮物，但為什麼一定要**你本人**拆封，不能由我們代勞呢？他為什麼要這樣安排？」

艾克頓先生放下羊皮紙，在桌上交疊雙手，一一凝視訪客的臉，班傑明從沒聽過有人講話像他這麼嚴肅。

「歐克斯船長之所以這樣安排，是因為這已經是我和他兩個人之間的事了。在我離開人世的那天之前，他的祕密，還有你們所有的祕密，我都會守口如瓶。我會盡共濟會會員和身而為人的神聖榮譽傾全力幫助他，而他只託我做一件事，那就是盡一切努力幫助你們。從這一刻起，我已經準備好加入你們的陣營，只要一句話，我赴湯蹈火，在所不辭。那……誰是老大？」

吉兒馬上回話。「爹地，我們都是互相合作，但如果一定要挑老大，應該是班傑明。班傑明是老大。」

這讓班傑明倍感意外，他開始臉紅，差點就要開口反駁。但才剛動這個念頭，他又轉了個想法：「其實，**就技術上看來**，她說得沒錯，金先生把金幣給我，指揮系統也因此展開。」

他大聲說：「吉兒只是想說，這件事由我起頭。雖然我們很努力靠團隊做決定，不過我真的認為應該由你當商務總監。這兩天我們和葛林里集團之間拉起一條新戰線，已經蔓延到校園外了，遠遠超過我們所能理解的範圍。不過，我們的律師可以向你解釋。」

他揚起眉毛。「你們這幾個小毛頭還有專屬的律師？」

班傑明點點頭。「他叫哈洛德．喬姆登。」

艾克頓先生微微一笑。「小哈和我是好朋友呢！我該打個電話給他嗎？」

班傑明說：「愈快愈好。」

「太好了，我真等不及啦！」

艾克頓先生的臉紅通通的，他從椅子上躍起，匆匆繞過圓桌和每個人握手。他走到吉兒面前時，給她一個大大的擁抱。

「小吉，我真以你為榮！」不過，一發覺她難為情，他馬上又補了句：「你們大家也是……太厲害了！哎呀！」他掏出手帕，擦擦額頭，然後脫掉西裝外套，走到窗邊。他把窗子往上推了二、三十公分，深吸幾口清新空氣。

「呼，好多了！你們不覺得這裡很熱嗎？」他往窗外一瞄，對這群訪客說：「看來，有人要載你們回家囉。」

班傑明走到窗邊，眼前的景象把他嚇了一跳。

「艾克頓先生，看到卡車裡的那個人了嗎？他就是傑若德・李曼。過去這幾天，他好像對我們興趣缺缺，可是大概一發現我們在這裡聚會，就好奇跟來了。」

吉兒的爸爸惡狠狠的死瞪著他不放，然後喃喃自語的說：「所以說，這個傢伙以為他可以監視我了，是吧？」

班傑明酷酷的笑了一下。「歡迎加入學校守護者的行列。」

19 賽船日

「寶貝，祝你比賽順利，我會看你上台領獎的！」

「什麼？喔……好。」班傑明對她咧嘴一笑。「媽，謝啦。」

他下了車，把行李袋甩到一邊肩上，背包甩到另一邊。

自從有了專屬的帆船，星期六的慣例也跟著變了樣。他媽媽沒等到十二點半直接載他去風帆俱樂部，而是十點半就把他送到帕森斯遊艇碼頭，這樣他就有時間和爸爸吃頓早午餐，然後從碼頭海灘的儲藏室推船出來。從那裡往南駛向俱樂部的海灘，如此一來就能簽到並通過裝備檢查。

直到凱文按鈴讓他進去警衛亭旁的大門，媽媽才把車開走。

簡直把我當成六歲的小孩嘛！

他馬上為腦袋浮現的這種想法感到內疚。媽媽這麼關心你的人身安全，有多好啊！好是好啦……但還是挺煩的。

雖然媽媽什麼也沒說，但班傑明看得出來她不喜歡調整後的賽船日，這意味著她得比雙方所協議的時間更早把他送去爸爸那裡。**好像她和我相處的那美好寶貴的兩個半小時，被人騙走了！**

後來，他也為這個想法而內疚。星期六是換屋日，媽媽受的罪總是比他或爸爸多。看來分居這件事並沒有漸入佳境。

他走向警衛亭的窗口。

「凱文，你好。我大概一小時後要開新船，所以想跟你借儲藏室鑰匙。你還會在這裡待一下嗎？還是現在跟你拿比較方便？」

「現在拿好了，今天下午有得忙的。有一堆貨會運來，我答應業主要檢查每張收據。」凱文的下巴朝加油碼頭正後方的水泥長堤點了點。「就是那艘船，很正點吧？」

班傑明往那頭一望，發現凱文說得沒錯。那艘船的船桅聳立，伸出吃水線以上二十二至二十四公尺高。一般停在帕森斯碼頭的帆船，最大也只有十二或十三公尺長，所以，這艘船真的很大。

「哇！那是博納多帆船嗎？」

「不，是亞諾五七，船齡只有幾年，吸引人的附屬功能應有盡有，像是船頭推進器、船首斜帆和三角帆的自動捲帆裝置，還有雙舵，性能很強大。上星期六開船入港的那個傢伙啊，光靠自己一個人就把船開過來停在碼頭，他下錨下得好像把吐司扔進烤麵包機那麼簡單！」

班傑明瞪大眼睛，下巴都快掉下來了。那艘遊艇的船身線條如此潔淨優美，時光飛逝號和它相比，簡直像個玩具。

「你有上過船嗎？」他問凱文。

「我？」他咯咯竊笑。「沒啦，不過你可以問你爸。昨天太陽快下山的時候，船東親自開船帶他出去繞繞！就是你的小女友向我問起的傢伙，兩個星期前想跟你爸買船的那個男的。」

班傑明覺得好難使喚嘴巴打開。「**誰？**」

「那個高高瘦瘦的男人啊，」凱文說：「很少笑的那個。不過說句公道話，他小費給得很大方哩，還說如果我星期一幫他迎風揚帆開到巴哈馬，要付我兩百美元呢！好啦，鑰匙給你。」

「給我什麼？」班傑明說。他的耳朵也不管用了。

「鑰匙啊，」凱文複述著：「開儲藏室的啊。」

「對喔……謝謝。」他接過鑰匙，準備轉身，可是凱文剛說的話依舊在他腦裡重播。他猛然止步。「你說的那個女生，她不是我女朋友啦！」

凱文對他眨了個眼。「哦，就快是了！」

班傑明沒有回應。他幾乎沒把話聽進去，早就迫不及待踏上浮動碼頭，準備奔向時光飛逝號。

他試著從凱文的話歸納出一套真相，好好釐清頭緒。他也努力不要忘記呼吸，以及別從碼頭直接走進水裡。

真相一：那艘法式大遊艇的主人是傑若德．李曼？他記得吉兒曾說李曼很有錢，而且還有一艘船。這是她發現李曼為葛林里集團工作時得到的情報。

真相二：他爸爸和李曼一起上過那艘船！班傑明不確定那代表

什麼，可是一想到就毛骨悚然。那個卑鄙的房地產專員先是找上他媽媽，現在連他爸爸都不放過？或許純屬巧合，但班傑明已不再相信世界上有巧合了。只要和葛林里扯上關係，就事出必有因，而且肯定沒好事。

真相三：李曼打算星期一把船開走，離開愛居港？這個星期一？這點班傑明就搞不懂了。但是如果凱文說的是事實，這就表示李曼篤定他的任務能在星期一之前完成。**星期一！**

真相四：那艘船在上星期五抵達愛居港……而且是一個人獨自開來的！這就表示……

班傑明把行李袋和背包往碼頭上一扔，匆匆跑回警衛亭。

「嘿，凱文，星期五是船東把船開來的嗎？」

「不是，是個矮矮胖胖的男人。不過你也應該看過他停船時在船邊裝防撞碰墊的樣子啊，那個矮子的身手真靈活！」

班傑明說：「謝啦。」

他轉身慢慢走回剛扔東西的地方。

真相五：原來是瓦力把李曼的船開進港的！他是星期五來的，剛好來得及在星期六凌晨到學校，幫李曼拍一支祕密影片……然後星期一報到上班，當新任的工友助手。

班傑明站在行李袋和背包旁，但沒把它們撿起來。他掏出手機，因為一上爸爸的船，就沒機會私底下講電話了。他說什麼都得趁現在，把這項消息告訴吉兒和羅伯，這樣他們就不會怪他私自行動了。除此之外，他們也能幫他釐清這些真相所代表的意義，尤其是大船在星期一、也就是後天就要離港的事！

李曼和瓦力到底掌握了什麼？

他按亮手機螢幕。

他們肯定知道了什麼，才會決定這星期撤離學校。

他點了一下選單。

究竟是什麼事？要發生什麼事了？

他準備按下通話鍵，但就是沒按下手。

李曼和瓦力是不是在美術用品室找到了什麼其他的東西？星期二我走了之後，他們一定進去搜過……

他點進手機裡的相簿，檢查他在美術用品室拍的每張照片。

我漏了什麼嗎？

這時，他在手機上找到答案了。

他漏掉的不是照片。

而是一個號碼，數字一，就在語音備忘錄應用程式的旁邊，有檔案還沒讀取。

因為他星期二放學後跑去美術用品室，聽到李曼和瓦力在工友工作間吵架，隔著牆聽到他們在講話。

當時他做了一件事，一件聰明的事。

他錄了音。

20 模糊不清

「嗨，水手！比賽準備好了嗎？」

「什麼？喔，對……我超期待的！」

爸爸站在電爐前做義大利麵當午餐。班傑明側身擠過船上狹小的廚房，必須特別小心以免行李袋撞倒櫃台上的空調味料罐。

「跟你說喔，我可以開車把你的船拖去俱樂部，然後你再從那裡下水就可以了。」

「謝了……」班傑明慢吞吞的說：「不過我還是想直接開去。」

「那好吧。大概再二十分鐘，午餐就要上桌囉，如果你要在十二點左右出航，時間應該很充裕。」

「太棒了。爸爸，謝啦。」

班傑明冷靜的走到他位於船頭的小客艙，然後輕輕關上房門，不過他思緒飛快，快到他幾乎快要承受不住。

他用顫抖的手掏出手機，按下摘要畫面，找語音備忘錄一。

日期：六月一日

時間：下午三點四十四分

這他早就知道了。

但下一則資訊卻讓他倍感意外。

長度：四十七秒

真的假的？

他站在那裡拿手機貼牆錄音，感覺上至少過了五分鐘，黃銅棺蓋才噹啷落地。

他把耳塞式耳機插進手機，再按下播放。

聲音聽起來模模糊糊的，但肯定是兩個人在對話，而那兩個人不用說也知道是李曼和瓦力。他很確定從工友工作間穿牆而來的顫音，不是什麼友善的交談，而是吵架，還大吼大叫。

問題在於音質很差，感覺像是兩個男的在水底講話，或者嘴裡塞滿了棉花糖。只有一個聲音刺耳響亮，就是最後**噹**的那一聲。

還有穩定又尖銳的嗡嗡聲……和低沉的唧唧響。音量電平起起伏伏的，像是待在他爺爺奶奶緬因州的家，收聽電台調幅頻道播放紅襪隊的球賽。

他看過很多警探影集，知道一定有辦法改進音質、清除雜訊，可是又沒有聯邦調查局的犯罪實驗室來幫忙。

如果是羅伯，他會怎麼做？

這個念頭令班傑明悶悶不樂。

他馬上將手邊的資訊整理一下，然後換個方式提問。

我有筆電、iPad、高級的耳機、超強的Wi-Fi連線、還有二十分鐘左右的時間，要怎麼改善這個音質爛到爆的語音備忘錄？

這個簡單的問題拉了他一把，也讓作戰方針瞬間聚焦。

首先，班傑明跳回手機選單，把「語音備忘錄一」按亮，再將它寄給自己。

他坐在書桌前，從背包裡拿出筆電打開。筆電開機花了三十秒，打開信箱又花了十秒跑程式。他趁這段空檔在書桌找到一副優質耳機，將它插進電腦。他點了一下「收信」……

很好！

他收到自己寄來的信，裡面附了音檔：「語音備忘錄一」。這麼一來，那個備忘錄檔就和他電腦上其他聲音檔沒兩樣啦！

他用滑鼠把備忘錄檔從信箱拖出來，然後扔到iTunes的圖示，這時，備忘錄馬上透過耳機播放出來。但音質其實好不到哪裡去，他只是把音質有多差聽得更清楚而已。

不過他常用iTunes，知道可以怎麼樣讓一首歌變調，這似乎值得一試。

首先，他在iTunes清單選了備忘錄檔，接著點擊「檔案」，再點「取得資訊」，他的螢幕因此開啟一個視窗。他在那個視窗點了「選項」的按鈕，有一排功能鍵出現了，可以讓他改變備忘錄檔的聲音大小，於是他提高了音量。大聲點又不會怎樣，對吧？

幸好他記得錄音檔的壓軸是一聲**噹噹**巨響，於是用「停止時間設定」把備忘錄檔的最後兩秒剪掉。

但他真正想用的是「等化器預設」的選項。他點開清單，選了「對話」。

然後他又聽了一次備忘錄檔，這次少了最後的那聲巨響。

好像也沒清楚到哪裡去嘛！

嗯……動手查查吧！

他打開網路瀏覽器的視窗，輸入「修復音質差的錄音檔」，結果跑出來一大堆沒用的訊息，但大概從上面數下來的第十則吸引了他的目光，是一個叫「非聽不可」的iPad應用程式。

班傑明又把手伸進背包，取出iPad。他知道怎麼上蘋果商店購物，多虧羅伯足智多謀，學校守護者開了一個帳號，可以連到他們在愛居港銀行暨信託公司的信用卡。

他在蘋果商店稍微搜尋一下，找到「非聽不可」的資料。那是一個濾音程式，有很多方式可以選錄音檔特定的某個部分，把它剪掉，或讓它變得更大聲、更清楚，而且只要四點九九美元，值得試試看。他點擊了「購買」，輸入帳號密碼，十五秒後，新的應用程式就出現在他手中的螢幕上。

他花了幾分鐘時間找到他寄給自己的信，把語音備忘錄檔傳到iPad的iTunes，再把它從iTunes上移到新的應用程式。

等備忘錄檔傳到「非聽不可」的視窗，一切都變得易如反掌。

整整四十五秒的音檔，像是聲波圖似的呈現在螢幕上，看上去宛如一小排山脈，有許多山峰和溪谷。

現在他只需要仔細檢查錄音檔，挑出哪些聲音要留下，哪些聲音要鎖住。他認出李曼和瓦力的聲波，將它們放入「保留」清單，也認出高的嗡嗡聲和低的唧唧響聲波，把它們放入「消除」清單。接著他按下一顆按鈕，把音量電平弄平，再按另外兩顆叫「加強音調」和「濾除雜訊」的按鈕。

過了五分鐘左右，他可以聽見某些字了……差不多可以了。

他也能搞懂那兩個男的在吵什麼了……大致上可以。

只是聲音還是模糊不清。

他取出一張記事卡，一邊播放備忘錄檔，一邊抄下他能聽懂和差不多能聽懂的字句。

他也在說話人的後面加了「李」或「瓦」。

負責——李

主要（也可能是不要）——瓦

老大（也可能是老啦）——李

最快的繞道方式（也可能是最快的掉下方式）——瓦

算了（或摔了？）——李

退縮（也可能是推說）——李

記得誰（也可能是記得去）——李

「什麼的」家人（或蝦仁？）——李

煙火弄倒「什麼」

二十朵花？——李

沉沒（也可能是沉默或沉落？）——李
帥？心悸了（或興起了？）——瓦
星期一全都要結束了——李

李曼的最後一句話清楚的令人心寒，班傑明很不甘願的寫下這些字。看起來好刺眼，像是已成定局：星期一全都要結束了。

「班傑明，午餐好囉。」

「等一下。」他扯開嗓門回答。

這件事，非得現在告訴吉兒和羅伯不可。

要叫他們也聽聽備忘錄檔。

他儲存了清除雜訊的聲音檔，再加到一封新的信件裡，然後輸入吉兒和羅伯的信箱，在內文寫了：

李曼的船現在在帕森斯遊艇碼頭，他星期一就要遠走高飛了！背後一定有什麼詭計，所以他和瓦力這星期才這麼鬆懈。聽一下錄音檔。我星期二錄的，這是我能做到最清楚的地步了；是李瓦兩個人在吵架。不曉得是不是藏了什麼線索。

如果有想法，馬上傳訊息給我。

班傑明

他正準備把iPad放到一邊的時候，竟收到羅伯即時的回覆。

普拉特，你想得美啊！

比賽前標準的心理戰是吧？我才不信哩。

今天你輸定了！

傑瑞特船長　筆

班傑明想要回信，卻只是搖搖頭，把iPad調到休眠模式。

真是笨蛋！

不過那個笨蛋，說不定也是個天才，他會願意聽錄音，然後想出什麼點子。

此時此刻，這已經不在他的掌控中，至少要等幾小時後再說。

他還有義大利麵要吃。

還有比賽要贏。

21 豔陽與烏雲

現在剛過下午一點，藍洋風帆俱樂部的觀測台是最後一刻前往調查的絕佳地點。班傑明望了海灣一眼，就知道今天的風帆比賽非常棘手。

航道離岸邊約八百公尺，三個大浮標圍成一個三角形。最長的一邊大約有一點二公里，兩個短邊大概是四百公尺，整趟賽程要繞完整整兩圈。

時速三十公里的微風從東南方吹來，但波浪起伏不大，反而是間隔較遠、六十到九十公分高的長浪向航道襲捲而來。想要俐落的轉向很不容易，每到一個浮標都得運用不同技巧。

和上次比賽一樣（就是羅伯差點淹死的那次），他們兩個又抽到第二組。班傑明從他家附近的海灘開了一小段，帶著船報到，在俱樂部的海灘準備就緒，然後趕到俱樂部欣賞前十二艘樂觀型帆船沿著航道競逐。

光是第一圈的前十分鐘，他就看見六名不同的選手錯過彎道，而且其中有四名在最遠的順風處浮標失誤了。

難度很高喔！而且航程很快就跑完了。

不過，班傑明觀賽的時候還是保持微笑。航道太輕鬆的話，就沒那麼好玩了嘛！他將身子前傾，倚在木頭欄杆上，完全沉浸在比賽之中。

「還以為你要準備出航了呢！」

「爸——嗨！」班傑明笑開了，但目光沒有離開帆船。「只是先看一下航道。嗯……你看見媽了嗎？她載我來的時候說……」

他感覺有人在輕拍他的肩膀。

「我早就到啦！我和你爸一星期前就約好要來看你開新船了。假如他沒跟你打招呼，你恐怕根本不會注意到我們兩個。你不覺得今天很適合航海嗎？」

從她講話的語氣聽來，她似乎很開心。班傑明微笑著說：「是啊，如果不用絞盡腦汁贏得比賽，又不介意有點冷的話。」

他把船開來風帆俱樂部的途中已經渾身溼透，和三個星期前相比，海水也沒暖和到哪裡去。

不過整個景致看來，確實如媽媽說的，真是好極了。大大小小的風帆在波光瀲灩的藍海上星羅棋布，從內港一路延伸到海角外，只見那頭的強風激起了白浪。

班傑明往海灘那裡瞄了一眼，起始線的裁判剛舉起預備旗。他得過去報到了，可是他不想走。他想待在原地，在爸媽中間，留下來一起看船賽，也許整個下午都坐在桌前，然後再點幾個漢堡吃。

但爸爸也知道信號旗的意思。

「班傑明，你好像該去海灘就位囉。」

「對，沒錯。那待會兒見囉？」

「當然囉，寶貝，」他媽說：「要注意安全喔。」

「媽，我會的。」

「還有，祝你好運！」他爸說。

班傑明凝視著他。「我前陣子聽過一句名言：『膚淺的人相信命運，強者相信因果關係。』這是詩人愛默生說的，我很贊同。」

有個念頭教班傑明冷不防縮了一下，甚至微微臉紅。

我剛剛講話好像羅伯啊！

爸爸深思熟慮的點點頭。「說得好。」然後他面帶微笑的說：「我大概在二十年前聽過一句名言，是美國海軍之父約翰・保羅・瓊斯說的：『但願我和開不快的船扯不上邊，因為我要的就是迎向危險。』所以，跳上你的快船，讓大家見識你的海上英姿吧！」

「還有，離危險遠一點啊！」媽媽又補了一句。她雖然笑容滿面，但班傑明知道她是認真的。

「謝了。我的船不只開得快，還會開得小心！待會兒見囉！」

第二組比賽延後。風向變了，所以需要更換兩個浮標位置。班傑明駛離俱樂部海灘時，得搶風轉向三次才到得了起始線。

另一艘船順風靠近，雖然風帆將大半個船遮住，但班傑明知道來的人是誰。假如羅伯對上次比賽差點溺斃的經驗還有絲毫恐懼，今天也完全沒有顯露出來。

「喲嗬，普拉特！希望你今天想輸掉比賽，因為我相信你會心想事成的！」

班傑明對他的奚落充耳不聞，只是回吼：「我寄的檔案你聽了沒？傑瑞特，那可不是玩笑。李曼真的認為他在這裡的任務已經告一段落，準備星期一閃人了。」

「有，我聽了。普拉特，真的很難聽清楚啊。而且，李曼講的也許不是下星期一，搞不好完全不是同一碼事，你有想過嗎？那段錄音檔要講的或許有一百萬種可能！拜託你把那些全都從你的小腦袋瓜清空，因為我要你專心輸掉這場比賽啦！」

班傑明沒有接話，只是默默收帆，趕緊迎風折駛。三秒之內，他們兩人的距離就拉開了。對話結束。

不過，從某方面來講，羅伯說得都沒錯，除了他會輸掉比賽這件事之外。

班傑明此刻完全不願去想那件事，他只想乘著他心愛的新船。和其他為了比賽而逼不得已要駕駛的船相比，這艘船操作起來簡直是跑車等級，像衝浪板一樣讓他恣意的乘風破浪。

就在他準備轉最後一次、好來到起始浮標那一頭時，北方三公里處有艘張起巨帆的大船吸引了他的目光。

那是艘亞諾巨艇！班傑明還在左舷的舵輪前看見李曼本人，他抬著頭，檢查船首斜帆的平衡狀態。瓦力也在船上，正在舵柄前方忙著用絞盤拉繩。他們兩個都身穿運動衫和白長褲。這兩名工友紳士於星期六揚帆出航！

班傑明把他的樂觀型帆船駛進新航線，一陣怒意突然如利刃般刺向他心頭。一想到他們兩個駕著價值五十萬美元的遊艇在逍遙，他就超不開心！

一個不注意，斜浪剎那間湧來，他的船因此進了十五公升左右的冰冷海水。他抓狂似的把水往船外舀，兩眼直視前方，船頭對準了起始區，把李曼和瓦力完全拋在腦後。

樂觀型帆船旗和預備旗都已在裁判的船尾升起，可是班傑明留意了時間，又是一個失誤。

不過從羅伯就位的姿勢研判，距離樂觀型帆船旗垂下、汽笛鳴響，大概還有一分鐘的空檔。

所以，他狀況依舊良好。

他把最後一勺水舀出船外，身子往前滑，使船身保持平穩。如今他已進入起始區，將通往起始線的航道一覽無遺。他輕推舵柄，拉起船帆，可是突然覺得怪怪的。

原來是手機，在他救生衣胸前的防水口袋開始震動。

照理說，比賽期間一律禁止攜帶任何電子儀器上船，可是他猜吉兒聽完錄音檔後，或許會想打電話給他，而且他又沒打算用手機來作弊什麼的，所以帶上船了。

他繫好帆繩，這樣左手就能空下來。接著把手伸進口袋，先按通話鍵，再按擴音。

「說話啊！」他一面大喊，一面把繫繩栓裡的繩索拉鬆，及時減速，以免和別人相撞。

「呃，你打招呼的方式還真友善啊！」吉兒說。

「大聲一點，」他吼著：「查到什麼有用的嗎？」

在離他不到三公尺遠的海面，有個小女孩在船上；她看著班傑明的表情，好像以為他發瘋了，正在自言自語，甚至更慘：她以為他在對她開罵。

吉兒提高了音量，班傑明終於能聽見她講話了。

「只有幾個字真的很清楚，但他們是什麼意思，我兜不起來。」

「直接講！」他嚷著。

小女孩正在盡一切努力，把船移到離班傑明最遠的地方。

吉兒頓了一下，然後說：「嘿……你在開船對吧？馬上就要比賽了！我還有多少時間？」

「快沒時間了！關鍵字講一下！快說！」他大聲吼叫。

小女孩一臉驚恐。「我不知道啦！」她嗚咽著說：「你不要再兇我了！」

班傑明感到抱歉，但不得不對她視若無睹，因為傑瑞特開始行動了，他試圖運用第十一條規則的「背風優勢」想逼他讓路並失守航道。

班傑明幾乎不假思索的輕搖舵柄，馬上擋住傑瑞特的風，把他甩到兩船身半的後方。

吉兒的聲音微弱尖細，但班傑明還是聽得見。

「我很確定聽到『淹沒』這個詞，也肯定聽到了『星期六』。還講到什麼『家人』，又或者是『加侖』。最後是『星期一全都要結束了』。」

「好——我要走了！謝了！」班傑明用牙齒緊咬風帆，但他不該這麼做的，因為他有兩顆門牙裝了齒冠！不過他只是咬了一下子，只夠他輕拍胸前口袋，結束這通電話。

就在那一刻，旗子垂下來了，叭叭叭叭叭！

汽笛聲逐漸消失的同時，班傑明越過了非常接近起始區的線。他難得船開得這麼漂亮！

可是這點他幾乎沒有察覺。

他的思緒飛回時光飛逝號，在那張資料小卡上搜索可能的字串，想辦法讓每個字浮現眼前，想辦法把他的清單和吉兒剛講的字拿來比對。

她說「星期六」，我記下的是「心悸了」或「興起了」，所以可能是「星期六」。好，星期六，那就是今天了！

第一段賽程是三角形短的其中一邊，瞄準東南東的方向……這表示班傑明必須把船偏離海風幾度。他找到一條輕鬆的航線，幾乎毫不費力的順向而行，不過他得經常變換重心，才能抵消浪潮。

我聽到的應該是「煙火」，但是吉兒聽到了「淹沒」。這也說得通啦，兩個詞都有可能啊……不過李曼講的可能是他的船。

因為班傑明知道吉兒解讀的詞代表什麼意義。如果你要讓一艘船淹沒，就表示你是故意要害船進水的，好比說在海上開戰，你堵住了航道或通往海港的入口。或是你要使敵軍的船完全開不動，就可以潛入吃水線下，把海水閥全都打開，這樣會讓海水湧入……

水！是「加侖」，不是「家人」或「蝦仁」！是很多很多加侖的水！

李曼要把學校淹沒！就在星期六！

班傑明把舵柄往右猛轉，船頭馬上往左旋。

在他身後、離他最近的迎風船，駕駛是羅伯。只見羅伯大吼：

「讓開！讓開！」

看樣子，肯定會撞船了。但帆桿咻的一聲盪過了班傑明頭頂，風帆啪的一聲繃緊，他的船往前一躍，離開了羅伯的航線。只差一點點，兩艘船就要相撞了。

這招是課本教的，完美的急轉彎，只不過用錯了地方。這麼做讓船不偏不倚落在班傑明想要的航線：北北西朝岸邊前進。更精確的說，應該是朝歐克斯小學前進。

「普拉特！」傑瑞特嚷著：「你犯規！」

羅伯說得當然沒錯。

因為班傑明直接把船開過三個賽船浮標界定的三角形中心，這可是大違規啊！

汽笛響起，他往裁判坐的船偷瞄一眼，發現一張黑黃相間的旗子正對著他揮舞。

班傑明對於向他投來的警告與不解完全置之不理。

要花三十分鐘才到得了學校，太久了！

他將手伸向升降索，用力一拉，讓整張風帆落在船身。他的船無法前進，只能隨波逐流。其中一艘賽艇向他開來。

他取出手機，點了吉兒的號碼，再按通話鍵。

電話通了。

吉兒，快接電話呀！現在一定要做點什麼！

鈴聲繼續響。

快呀，吉兒，接電話！一定要接！

鈴響了六聲，她接起電話。

22 家人和敵人

吉兒說：「我目前寫的就這些，要不要聽聽看？」

班傑明向羅伯點點頭，她也開始朗讀起 iPad 上的檔案。

星期六下午兩點鐘左右，消防員用斧頭劈開歐克斯小學的側門。他們接獲民眾報案說三樓發生火災。

可是消防隊員衝上樓，卻沒發現火災。

他們發現的是水災。

三樓的女廁有條水管破了，那種連到馬桶的銀色大水管。

究竟是橡皮墊圈壞了，還是水管太老舊所以腐蝕了，這點不得而知。但無論起因為何，有一件事可以確定，那就是水以每分鐘五十加侖的速度大量湧出，至少已經一個小時。

歐克斯小學的退休工友湯姆．班登當時碰巧人在校園附近，注意到了消防車。當他得知問題所在，便直接前往學校地下室，關掉大樓的主要水閥。

女廁磁磚地板中央有個大排水孔，因此三千加侖的大水約莫只有一半流到走廊。

學校的現任工友李曼先生既沒接聽電話，也沒回呼叫器，所以消防員和一些出現在事發現場、自告奮勇的民眾盡力幫忙掃水。抹布、水桶、體育館的毛巾，以及學校的抽水機全都派上用場。

三樓走廊的木頭地板有點受損，二樓走廊的水泥天花板沾上水漬、不停滴水。二樓實驗室的四台電腦因進水而報銷。

其中一位消防員說，要是一直等到星期一才發現水災，整個學校的地下室就會淹得像游泳池，一樓每個房間也大概會水淹一公尺深。除此之外，一樓和二樓教室的天花板大多會受潮而掉到地上，學校圖書館的書也會全部泡湯，其中包括歐克斯船長留下的原版書。位於北面樓梯下的地下祕密通道同樣會淹得一塌糊塗。

消防隊隊長表示，要是沒在當下阻止水災蔓延，鎮上的督察可能必須宣布整棟樓成了危樓，學生們自然也不能進入大樓，必須另覓場所上完這學年的最後幾天課。

至於通報消防局拯救了學校的那一通電話？手機的號碼難

以追蹤。

「唸完了，你們覺得怎麼樣？」她問道。

「太棒了。」班傑明說。他特別喜歡她省略沒講的部分，像是他打電話給她，她又通報消防局，打給湯姆．班登。

羅伯點頭表示贊同，接著說：「是啊，摘要寫得不錯，但幹嘛要寫啊？」

「這個嘛，」吉兒說：「最起碼可以把它加到我們的校史報告啊！你們不覺得這是歷史上很重要的一刻嗎？明天我可能會把這篇文章寄給《愛居港運動報》，看他們想怎麼處置都行。看是要登出來，或是有興趣報導的話，可以拿來參考。」

「什麼有興趣的話？」班傑明驚呼：「你明明知道他們會做大

篇幅的報導嘛！」

這是星期天的下午，他們坐在學校前的海堤上瞭望海景。這稱不上是學校守護者的聚會，只是找個機會聊聊最近發生的事。

他們也算是小歇片刻，畢竟三個人都是歷史協會和家長會合辦的快閃族成員，他們幫忙在星期一早上前清理校園，一共有八、九十人現身呢！

這麼多人共襄盛舉，是好事一件，因為實在有太多事要做了，光靠學校工友根本做不來。李曼和瓦力在泰默校長的親自監督下，從星期六傍晚一直忙到凌晨快兩點。今天八成也會工作到很晚。

破掉的水管修好了，學校的供水系統也請來一整組的水管工人檢查。水全被抽乾、吸乾、拭乾、擦乾，一滴不剩。現在連工業用的大型通風扇都進駐校園各處，讓地板、牆壁和天花板的最後一點溼氣揮發掉。

吉兒說：「這一段我不會寫進報告啦，只是想知道比賽和這些事，你是怎麼跟你爸媽說的？」

羅伯插起嘴。「這個我可以代他回答。班傑明向他爸媽說，他發現**永遠**都不可能在風帆比賽中贏過我，所以狗急跳牆，故意用這種方式喪失比賽資格，也免得丟臉！普拉特，這招太經典啦！」

「不好笑，」班傑明說：「別忘了，是你這個笨蛋說我錄的音沒有用。」班傑明頓了一下，然後直視吉兒的雙眼。「我是怎麼跟我爸媽說的嗎？我跟他們說實話。」

吉兒皺起鼻頭。「你是說……？」

「我是說，事情的來龍去脈我全都招了，」班傑明說：「這件事我總不能一直騙他們吧？我知道，我沒有經過任何人的允許，這點我也很抱歉。我只是覺得，如果可以相信你爸，那我爸媽應該也能加入這個團隊啊！尤其整件事的真相，我特別要告訴我媽，關於房地產的事，還有葛林里想怎麼利用她，非讓她知道不可。你們真該看看我爸聽了有多火大，真的太精彩了！」

班傑明為剛才的一時激動羞紅了臉，但吉兒挺身為他掩飾。

「那……她會不會難過啊？」

「有一點，不過她很能理解。我跟我爸說他星期五晚上搭遊艇出遊的船東真面目，他也大吃一驚呢！所以說，我們應該向其他成員報告，現在多了兩位學校守護者。」

「嗯……應該是多了三位守護者，」吉兒說：「我和我爸決定把事實告訴我媽，這是他的主意。我們花了二十分鐘，還得秀出一堆照片才能說服她，否則她還以為我們在亂編故事、逗她玩。」

「哇，好**溫馨**，」羅伯沒好氣的說：「真是一家和樂融融啊。那我現在只要跟奶奶講，就可以辦個學校守護者的家庭野餐啦！」

冷冰冰的嘲諷讓熱鬧的氣氛降溫了。

「不……不是那樣的，羅伯……」班傑明想要澄清。

羅伯打斷他的話。

「你說得倒容易！」

又是一陣寒意。

但吉兒可不吃他這套。

「羅伯，你爸媽過世了，我們都知道，也都很難過，但這不是我們的錯，也不是你的錯。」

吉兒的勇氣令他詫異，幾乎要讓人停止呼吸……她該不會是想來個直逼要害吧？

而她還沒講完。

「還有，羅伯，你的確應該跟你奶奶說。我是這麼認為啦，畢竟這件事，這整件事，學校、海港、市鎮、我們努力保護的一切都和家有關。還有我們三個也是。這是一家人的事，所以不要假裝你沒有家，因為這根本不是事實。」

過了一會兒，宇宙解凍，不再變得寒冷。

羅伯難以直視兩人的面孔。

但他還是辦到了，甚至還帶著些許微笑。

「對不起。家的事，這整件事，你都說得很對。還有……我還想說點別的。這件事在下星期無論結果如何，都將成為我生命中最美好的時光之一。我從來沒玩得這麼開心過……也從來沒有像你們這樣的人在身邊。」

「就跟家人一樣。」吉兒說。

「沒錯，」班傑明說：「跟家人一樣……可是呆很多啦！」

這句話雖然不至於讓大家哄堂大笑，卻足以緩和緊繃的局面。

班傑明說：「好了，該進去幫忙打掃了，畢竟讓我們可愛的工友操過頭也不好嘛，下星期可有他們忙的！」

「嘿，你們看！」羅伯邊說，邊指向碼頭長堤的後方。

班傑明看見高大的風帆，馬上認出亞諾五七那光亮的船身。遊艇向南航行，朝開普里前進。

難道李曼已經……？

班傑明猛一轉身，掃視學校正面，在三樓發現李曼和瓦力的蹤跡。他們站在因曼老師的辦公室窗前眺望南邊。

後來李曼目光一垂，看見班傑明正抬頭看他。

他們四目相交，但就那麼一下下。接著，李曼做了一個奇怪的舉動，他把手舉到前額，飛快的對班傑明行了個海軍風格的禮。班傑明幾乎不由自主的向他回禮，然後李曼轉身，不見人影。

「那是什麼意思？」羅伯說，一切他都看在眼底。

「我也不知道。」班傑明說。

那是他對傑瑞特的說法。

可是，敬禮代表什麼意義，班傑明心裡有數。

那就彷彿他們是兩艘艦艇的艦長，在一場拚得你死我活的惡戰後相互致意，把對方視為可敬的對手和危險的敵人。

不過，敬禮也有別的涵義。

他們兩人都很清楚，那代表下一場仗即將到來。

就在不久的將來。

學校是我們的❹

致命地帶

文／安德魯．克萊門斯　譯／謝雅文

主編／林孜懃　內頁繪圖／唐壽南　特約編輯／楊憶暉
行銷企劃／陳佳美　出版一部總編輯暨總監／王明雪

發行人／王榮文
出版發行／遠流出版事業股份有限公司　104005 台北市中山北路一段11號13樓
電話：(02)2571-0297　傳真：(02)2571-0197　郵撥：0189456-1
著作權顧問／蕭雄淋律師
輸出印刷／中原造像股份有限公司
□2014年12月1日　初版一刷　　□2021年8月20日　初版六刷

定價／新台幣250元（缺頁或破損的書，請寄回更換）

ISBN 978-957-32-7543-5
遠流博識網 http://www.ylib.com　E-mail:ylib@ylib.com
遠流YA讀報粉絲團 https://www.facebook.com/yaread

BENJAMIN PRATT & THE KEEPERS OF THE SCHOOL:
IN HARM'S WAY

國家圖書館出版品預行編目 (CIP) 資料

學校是我們的 . 4, 致命地帶 / 安德魯・克萊門斯（Andrew Clements）著；謝雅文譯 . -- 初版 . -- 臺北市 : 遠流 , 2014.12

面；　公分 . --（安德魯 . 克萊門斯 ; 20）

譯自：Benjamin pratt & the keepers of the school : in harm's way

ISBN 978-957-32-7543-5（平裝）

874.59　　103023330

美國校園小說第一人　安德魯·克萊門斯

學校是我們的

★亞馬遜書店每月最佳選書　★亞馬遜書店讀者 5 星評價

●一起捍衛大推薦（依姓名筆劃排序）

安德魯·克萊門斯的文字如此有魔法，讓人往往不小心就一口氣看完。

——**光禹** 飛碟電台主持人

誠摯的盼望台灣的孩子看完這套小說後，也能如班傑明一樣找到自己的「天命」，一個自己可以有所貢獻的人生目標。

——**李偉文** 親子作家

這兩位主角關注學校的存廢並探究歷史眞相，過程高潮迭起，還加入推理懸疑的元素。

——**吳淑芳** 新北市新店國小校長

主角對學校因了解而欣賞，因欣賞而認同，因認同而捍衛，是一種與歷史接軌產生的情感與責任，既不濫情、也不理盲。

——**林玫伶** 臺北市士東國小校長

故事一開始就以富有懸疑性的情節展開……讀者將迫不及待跟隨故事發展持續閱讀，解開謎團！

——**陳玉金**【童書新樂園】版主

面對危險的「挺身而出」，或是安全的「逆來順受」，班傑明和吉兒會做出什麼樣的選擇？大人小孩看了都可以好好的上一課。

——**陳安儀** 親子作家

安德魯·克萊門斯巧妙的藉由班傑明守護學校的系列故事，闡述了守護存在時間之外的永恆，而「信心帶來改變」的美好價值也在其中不言而喻了。

——**黃瀞慧** 臺北市興華國小教師

兩個孩子意外成爲「學校守護者」，他們從被動到主動積極，使原本平淡無奇的校園生活，開始注入懸疑緊張、充滿探險精神的不凡經歷。

——**鄒彩完** 臺北市文化國小校長

一對勇於冒險的心靈，在面對千迴百轉的疑慮與挫折中，愼重的思考著如何平衡家庭的親情，腳踏實地的處理法律的幽暗難題，再進一步去護衛環境與土地的正義。

——**潘慶輝** 新北市私立育才雙語小學校長

本書在輕鬆筆觸的表象下，有著深沉的靈魂。而承載著如此巨大能量的，是對學校的熱愛，對朋友的信賴，對環境的期許，以及對生命的信念。

——**羅秀惠** 新北市秀朗國小教師

只剩十天，守護者們究竟如何突破困境、搶救學校？

班傑明和夥伴以為新發現的祕密足以拯救學校，反讓敵方將了一軍。學校的拆除計畫即將執行，卻必須在十天內找出三個保護裝置；更糟的是，間諜工友不再只有李曼一人，新來的工友助理和李曼聯手讓搜尋工作陷入僵局，甚至落入致命情境。這群學校守護者該如何運用智慧突破艱難的困境？

ISBN 978-957-32-7543-5
00250
9789573275435
YLN79
NT$250